この世の夢

滝川麻紀
TAKIGAWA Maki

文芸社

目次

この世の夢

自慢の妹

沖縄県那覇市は十二月にはいっても、最高気温が二十五℃まで上がる日が、たびたびだ。那覇警察署刑事課の女性課長有家さら警部は、刑事部屋の課長席で夕方までの忙しい仕事をやっとすませて、大好物のタバコをすっていた。

刑事職というのは、女の体力では過労死してしまうのではないかと思えるほどの重労働だ。いま課長の地位をえて、管理職とじみなデスクワークが主となり、現場にでることは減って、肉体的にはラクにはなったものの、管理職は精神的疲労が増すし、多忙な日々ということにはかわりはない。

とても、わが子をうみ育てるヒマなどなかった。それは、女としてはちょっとさびしいけれども、子供は年のはなれた妹の、どっとひとりで十分なのかもしれない。

その妹は七年前には心を病み、一年間入院していた。

さらはその入院直前におくられた、どっとの手紙を、ふいに読みかえしたい気持ちになる。

お姉ちゃん、あたしは宇宙人の子供なの
新作「死闘」を本にしてもらう最中だけど
イラストレーターには、ことごとく、こんな
イラストは描くのが、むずかしいので、との
理由で断られたの。これはウソ。みんな死闘
を読んで、ものすごい衝撃と刺激をうけたの
が、イラストレーターたちの本音なのよ
問題作死闘には、それほどの威力があるのよ
イラストレーターたちは、あたしの芸術的狂
気を誤解し、あたしの正気をうたぐり、あた
しを女宮崎勤などと思いこんだに相違ないわ
あんな人間とは、あたしが種類のちがう人間
ということは、お姉ちゃんがいちばん知って
るよね
でもあたしが正気では、死霊の初恋だの死闘
だのという小説はうみだせない
やはりあたしは狂っているのか、と悩んでる

と、はっとあたしは、ひらめいたのよ
狂ってるのではなく、あたしは宇宙人の子供なのだとひらめいたの
あの親失格者の両親は、つくられた親で宇宙人こそが、あたしの本当の両親なのでは、と。
したがって、あたしは宇宙人なのよ
そうならあたしのなぞはすべてが氷解する
両親にぜんぜん似てないこと。人とちがうこと。こんなに美人なのに男の子にモテないこと。セックスにかけらの興味なく、なんで男が流血することに異常なまでの執着心をもってるのか、も。そして何より知的障害がありながらも、なぜ高レベルな小説が描けるのか。
これらのふしぎが、あたしが宇宙人ならば、ぜんぶがうなずける
あたしが思うに宇宙人とは、神さまなのよ
だから神の子のあたしの使命は、くすりにな

る小説を世に出し、世界中をユートピアにすることなのよ。ところがあたしは「死霊の初恋」などの世の中に悪影響をあたえる血みどろバイオレンス小説を世に出してしまった。
だから死霊の初恋をS社で本にしている最中に東日本大震災といった悲劇が罰と脅しのため、生じたのにちがいない
あたしが使命をはたすどころか、問題作なんかをつくったから多くの犠牲者が出てしまった
あたしが衝撃の問題作を本にしようとすると、大地震がおきてしまう。いま本にしようとしている新作の死闘では、お子さまを千七百名も殺した
宇宙人の子としての使命とは正反対のこんな猛毒のある問題作を本にしようとしたら大変よ。死闘の本の完成は今年の五月二十日だけ

ど、それまでにとほうもない巨大地震が生じる、予感がする
いや、予感なんかじゃなく、宇宙人が使命をはたさぬあたしに罰をあたえて
あたしは予言するわ。五月二十日までに必ず、巨大地震が……ああこわい。こわくてしかたがない

敬愛するお姉ちゃんへ、どっとより

いやはや、と読み終えたさらは、今となって、妹は、よくもまあこんなことを思いついたものだ、と呆れかえる。

この当時は、さらは妹にふりまわされて大変だった。なんせどっとは本気で自分を宇宙人だなどと思いこみ、大騒ぎしその狂気はエスカレートするいっぽうだったから、かわいそうだが、精神病院に強制入院してもらうしか、すべがなかった。

精神科主治医の木下みどりによれば、こんな妄想は、どっとのものすごい自意識過剰とうぬぼれのはげしさからくる妄想、と、診断された。

宇宙人の子だから、あたしの小説は認められない、と騒いでいたどっとは、退院後、熱血バイオレンス小説をあくことなく、創作しまくり、ついには認められ、短期間で大ベストセラー作家となった。

どっとはつねに命あるものへの思いやり、と、読者にビッグな夢をみてもらうことの二点をモットーにした熱血バイオレンス小説を創作し、評者と読者にそこを高く評価されたのだった。その上、軽微な知的障害がありながら、こんな高レベルな小説がうみだせることに、どっとは天才ではないのか、とまでの称賛をうけた。きわめつけは、小説を世に出すたびに大ベストセラーにし、映画化、ドラマ化にまでしてえた、とほうもない大金を、どっとは、チャイルドスポンサーになったり、飼い主のいない犬や猫を保護することなどの世のためになるボランティアに寄付するのにすべてを使ったのである。

だからなおさら世間は、どっとの命あるものへの思いやりをモットーとする志の高さと無欲さをほめたたえ、共感した。そのあげくは世界的なベストセラー作家にまでのしあがった。

この本が売れなくなったご時勢に、どっとの出す本だけは、なんでも売れる。

沖縄県は、二年前、どっとの銅像を建造した。この調子なら、国民栄誉賞は時間の問題だろう。いや、いずれは、ノーベル平和賞だって……。

まさに世界のどっとなのである。

さらは本当に万感の思いであった。頭と心に障害があるがゆえに、誰からも、アホにされて育った妹が奇跡をおこし、世間をみかえしたのだ。

どっとが、ここまでくるまで、いろいろな出来事があった。

まず、さらが、沖縄国立大学の教授と結婚したことがはじまりと思える。そのさらの結婚後、どっとが三歳のときに、母親が愛人をつくり、その男とかけおち。父親はそのせいで、アルコール依存症となってしまった。さらはアル中になっていた父に幼い妹を任せられない、と判断して、どっとを引き取ることにした。ただアル中のくせに、父にも、どっとへの愛情があり、保護養育権をめぐって裁判にまでなった。結果は、さらの圧勝。

三歳のどっとは障害者でも、つねに多忙で、わが子をうむヒマもないさらにとっては、いちばんの宝といえた。

さらは、多くの心ない人々から、さげすまれるどっとにかぎりない愛情をそそぎ、どっとをわがままな娘に育ててしまった。

そして、どっとが十八歳のとき、どっとは一人暮らしがしたい、とだだをこねた。猫のようにかわいがっていた妹とべつべつに暮らすなど、さらにはたいへん辛いことだった。けれども、さらはどっとにささやかなる所帯を持たせてやりたかった。そこで、さらの家から五百メートルほど、はなれたところに家を買ってやった。

どっとはその家で、熱血バイオレンス小説をかきまくり、精神を病み、入院したりの苦労のすえ、今日の世界的ベストセラー作家の地位をきずいたのである。

まさに自慢の妹。

それでも、さらにとって不変の感情は、妹が何歳になろうとも、いつまでも、小さな女の子ということだった。

コロリンボ刑事

現場ではたらく刑事というのは、捜査に肉体的疲労と精神的疲労の両面がハンパなものではなく、コロリンボ刑事は、夕方にはもうクタクタになっていた。

物思いにふけっている様子の課長の有家さら警部に近づいた。

さらは、見た目には、とても五十歳近い年齢にはみえず、その整った童顔から、三十代くらいで通用する。

コロリンボは日米の言葉のなまりがある日本語でしゃべる。

「有家警部……四人目の被害者の身もとがわれました。東京大学教授の宮川良一です」

「東大の教授。またエリートねえ」

さらは首をかしげて、

「妙ね。これで日本のエリートが四人暗殺された。でも、四人とも東京都在住なのに、なぜ、この沖縄で殺害されたのか、この一週間のあいだに。まあ四人が沖縄に来た理由はわかっているけど」

「私のカンでは」

とコロリンボは目をひからせた。

「どうも、大きな組織が関与していると思えてならないのですが」

さらは婦警についでもらったお茶を一口飲んだ。

「同意よ。わたしは信仰組織と思えてしかたがないわ」

「信仰か……」

コロリンボは表情をくもらせて、さらをみつめた。

「実は、その宮川良一殺害に関してですが。あなたの妹さんが犯行を目撃したようです。偶然にも」

「ブッウーッ！」

とさらは口に入れていたお茶をふきとばした。

「何だと！　それを先に言え！」

コロリンボは、瞬時、血の気のひいた顔色になったさらをなだめるように言う。

「おちついてください。妹さんはご無事ですよ」

「でもでも」

茶碗をにぎるさらの手はふるえていた。

「殺し屋ならば、目撃者は殺す、と！」

「大丈夫であります。妹さんが見たのは、ホシのうしろ姿だけ。背をむけて立ち去るホシは、妹さんには気づいてはおりません」

大きな安堵のため息の後、ふぬけのようになっているさらをコロリンボは腹の中で笑う。さらが大変な妹バカであるということは署内の者なら誰もが知っている。もはや仕事どころではあるまい。

「すでに妹さんは、この署に来てもらっております。事情聴取を……」

さらは立ち上がった。

「妹に会うわ。でも、どっとが、目撃したことなんて絶対秘密にすんのよ。マスコミに知られないように！」

「もちろん。ご安心を」

取調室で、松川刑事が、有家どっとに事情聴取をしていた。

それを見るなり、さらはヒステリックに騒ぐ。

「気づかいがたりない！　ゴリラみたいな顔をした松川君では、あの子がなおさら、おびえるだけじゃないの」

「いやあ、松川刑事は外見はああでも、内面は、温厚な男ですよ」

「でも取調室なんて犯罪者を入れるところじゃないの」

「はあ」

コロリンボはそういえばそうだという顔をする。

「わたしが、かわる」

さらとコロリンボは室内に入った。

「お姉ちゃん」

どっとは立ち上がり、さらに抱きついた。

ひっしと姉妹は抱き合う。

「どっと。無事で良かったわ。こわくない？」

「こわい。すごくこわい」

どっとの体はふるえていた。

小柄でキャシャなせいでもあるが、どっとは三十に近づく年齢のはずなのに、十六か十七の少女のように見えた。まずまずの美少女という外見だ。

しかしながら、どっとには女性らしい清潔感がない。もう一週間も風呂に入っていないように見受けられる。

コロリンボは、いつまでも抱き合っている姉妹に辟易した。

「さあ、おふたりとも、もうこのくらいで」

コロリンボに肩をつかまれたどっとは人見知りをするような表情になる。

「この人、外国人？」

どっとは、コロリンボがなかなかのイケメン男性なのに気づくと姉を見て言った。

「お姉ちゃん、あたし、この人とエッチしたい」

声をひそませないどっとのあまりの言葉にコロリンボは絶句する。その心臓は破裂しそうになるまでに早鐘のごとく鳴っていた。

「どっと」

とさらはさすがに目をつりあげた。

「唐突にバカなことを言わないの」

どっとは七年前まではセックスにまるっきり興味なしだった。しかし、病院を退院後、どこの馬の骨ともわからぬ男と一回やってからは色情狂ぎみになってしまっていたのだ。

「いやーっ！」

と聞き分けなく、叫んで、姉にうったえる。

「したいしたいしたい」

ばいきんまんとドキンちゃんの関係のように、これまでキリのない妹のおねだりをさらは無理にもきいてやってきたのだろう、とコロリンボにも察せる。だけど、こればかりは。

コロリンボは赤い顔をして、高い声で言った。

「私には、女房がいるよ」

このどっとは本当に世界的な大ベストセラー作家なのか？　まるっきりのバカ娘だ。バカと天才は紙一重なのか……。

そんなことを思う反面、コロリンボは心のすみでは喜んでもいた。イケメンなのに四十になる今日まで、彼は妻をふくめてブスにしか縁がなかったのである。そのせいで清潔感はなくとも、美少女のような外見のどっとにここまで積極的にせまられると、オスのさがで下半身のぼうは、ぼっきしてしまっていた。

コロリンボは本当は面食いだったのである。それなのにブスにはモテても、なぜか十人並み以上の器量の女性にはモテたためしがなかった。

どっとのカンと警官のカン

さらとコロリンボは、念のために三人の制服警官を同行させて、有家どっとの家を見回る。

どっとの家は、ごくふつうの二階建ての家だ。せまい庭には小さな池があり、カメやコイがかわれている。

玄関のドアを開けると、
ニャーッ！

と美しい白猫が、飼い主のどっとを出迎えによってきた。

「ミーシャよ。もう二十四歳のおばあちゃん猫なの」

と、どっとが紹介した。

「二十四歳……そりゃあ、表彰状ものの長生きですな」

と言ってコロリンボは、老猫をみつめた。ママのおっぱいが恋しいといわんばかりのあどけない顔をしている。あたりまえだ。どこの世界にお年寄りの顔をした猫がいるのだ。

コロリンボがピストルをぬくと、どっとはゲラゲラ笑う。

「だっさい。そのピストル、モデルガンじゃん」

コロリンボは肩をすくめた。

「どうして、そんなことを？」

「だってねえ。アメリカとは対照的に日本の私服刑事は、特別なことがないかぎり、ピストルなんか携行できない。こんなの常識よ」

「いやあ。さすがは大作家ですねえ」

コロリンボは、はっとしていた。

「でも、モデルガンでも、携帯していれば、なにかと役に立つこともあるんですよ」

一同の者は、家中を見回った。異状はない。

一階は六畳の部屋が二つ。四畳半が二つ。どの部屋にも、いろいろな家具がゴチャゴチャと置かれていて、必ず全身がうつる鏡があった。

家の通路の左右にはチャイルドスポンサーをふくむ世界中の貧しい人々を救済するために大金を寄付したことへの表彰状やら動物愛護協会からの表彰状が、はられていた。それと長寿猫ミーシャの表彰状もあった。

台所には大型の冷蔵庫があり、まさかとは思うが、毒がもられていないかの調べを警官が一応念入りにやる。

どっとは料理など、できないようで、包丁とかは見当たらず、一週間ぶんの冷凍食品が買い溜めされている。

家のそうじは週に二回ヘルパーとやっていると、さらが言った。どっとは完全な家事無能力者だ。

階段をあがり、二階へ行くと、八畳の部屋があり、その部屋には七十五インチの４Ｋテレビがあった。大きな鏡にベッドにテーブル。テーブルの上にパソコンがある。このパソコンのワードで、小説を創作しているのだろう。

カラーボックスがあり、そこに本が並べられているが、そのほとんどは、どっとが創作した本ばかりだ。

「おや？」

とコロリンボは、カラーボックスの上におかれている本を注視した。

それは、進藤太郎という、あまり人気のない三流作家の出した本だった。

〈低俗有家どっと作品へ問う〉

というタイトルのエッセイだ。

「この進藤という作家は、軟弱恋愛小説作家の」

「ふふふ」

さらは冷たくふきだして応じた。

「進藤は、もはや小説など書けないわ」

「はあ。恋愛小説といっても、自分の体験を書いた小説をひとつあてただけで、もう書くことがなくなった、と」

「そう。いまや、あさはかな恋愛エッセイしか書けない」

さらはどっとを見た。

「気にすることないのよ。進藤は、世界的大人気作家のあなたをねたんで、こんなものを出したにすぎないんだからね」

「別にあたしは……ぜんぜん気にしてない」

いや、どっとはすごく気にしている、とコロリンボにはそう思えた。それにしても妙な話だ。男の進藤が、軟弱恋愛ものを書いて、女のどっとが熱血バイオレンスものを書くというのは……反対じゃないか、これは。


さらは今夜は、どっとの家にとまることにした。

八畳のどっとの部屋には本棚が六つある。しかし本はおかれてはなく、ブルーレインディスクが数えきれぬほど山積みされている。流血ホラー映画は多彩だ。どっとは男が血を流す光景に異常なまでの興奮を覚える女性だ。

録ったらしい『サザエさん』のディスクがたくさんあった。スカパーのキッズステーションの『それいけ！　アンパンマン』のディスクやディズニージュニアの『せいぶのねこキャリー』や『おとぎのもりのゴールディとベア』や『ケイトとミンミン』などの幼児むけのアニメのディスクがゴチャゴチャとあった。みんなどっとの貴重なコレクションだ。

「お姉ちゃんって、やっぱ刑事ね。疑り深い」

ベッドに座っているどっとが、姉の様子を眺めて言った。

「まだ、あたしが宇宙人に関する本やディスクを買いこみ、読んだり録ったりしてると思ってんの」

「いいえ。別に」

とさらはうそをついた。またぶりかえされると大変だから、神経過敏なまでになっていた。

「もう、十一時だよ」

どっとは声をはずませた。うれしそうな様子で布団をかぶる。

「お姉ちゃんといっしょにねるのは、ほんとひさしぶり」

「そうだね」

さらも微笑み、どっとがかぶった布団に入った。

この年のはなれた姉妹に共通している点は、ねるとき、寝間着を着ずに、そのままの服でねることである。

ミャーッとミーシャも布団に入ってきた。

「コーミングを毎日やってんのね。年のわりに、毛づやがいいわね。この猫」

さらはミーシャをさわりながら、言った。

「この調子で長生きすると、長寿猫のギネスものよ」

「そう。まだ五年は大丈夫だよ」

これ以上長生きするとバケモノ猫よ、とさらはそう言おうとしてやめた。どっとはミーシャとの別れを意識し、ミーシャの年齢をとても気にやんでいるのだ。

「ところで、どっと。仕事のほうは?」

とさらは話をかえた。

「順調よ。あしたあたりで、新作はしあがるよ」

「多分、またしても大ベストセラーねえ」

さらの声があかるくひびいた。

「そうなると、うれしい」

と、どっとは応じた。やがて真顔で姉の目を見てしゃべる。

「でも、お姉ちゃんの仕事のほうだけど。同じような手口で四人目の被害者が出たようだけど……。

エリートだということと、この沖縄でというのは偶然で。ターゲットは七人と、あたしのカンでは、そのように思えてしかたがないの」

さらは身を起こす。眉をひそめて、どっとを見た。妹のカンはよくあたるのだ。

どっとはつづけた。

「七つの大罪よ。もうすでに東京で、五人目と六人目の被害者は出ている。森治は怠惰。稲葉明は大食。この二人は、この沖縄での四人と殺害手口が同じじゃないの。のこりは、たったひとり。七つの大罪のひとつ、嫉妬」


大阪ではめずらしい人気《ひとけ》のない通路を、三流作家進藤太郎は、苦虫をかみつぶしたような顔をして、歩いていた。

彼は毎日、いきつけの酒場で飲んでいるが、今夜は飲みすぎた。

進藤太郎は、自分があの円藤週作のマネをしていると、批判されているのを知っていた。今日は人のうわさで揶揄されて、立腹していた。

円藤週作なんかのマネなどするものか……。

進藤は石をけった。くそったれが。おれは若いころは一流のホストだったんだぞ！

その元ホストのおれが、円藤週作の〈ぐうだら愛情学〉などのあさはかエッセイを読めば、円藤週作が、はなはだしい世間知らず苦労知らずのお坊ちゃまであるということはあきらかだ。女性という生きものが、ほとんどわかっていない。見えていない。

それでも、あの円藤が、世の中のことやら、女性のことなら、何でも、どんなむずかしいことでも、よく知っているというポーズをとるから、戦後を代表する大作家の肩書きがきいて、円藤のそんなポーズに多くの人がだまされていただけだ。人生経験をつんだ良識のある人間ですら、あれほどの大作家ならば、と、やっぱりだまされてしまうくらいだから、無理ないけど。円藤週作があれほどの大作家になれたのは信仰をテーマにした作品のおかげであり、女性ではない。女性のこととなると、ひとりよがりで時代おくれ、だいたいは同じことばっかししか書けないではないか。

もっとも、どんなむずかしいことも、何だって知っているといったポーズをとるのは、円藤週作にかぎらず、多くの大作家が、こんなポーズをとりたがるものだ。

でも実際には、そんな作家たちは、みんな世間知らずな人たちばっかしなんだよ。大作家たちが、女性を理解するのに、金にモノを言わせて、女あそびをしたところでダメだ。そんな腹黒い女たちときたら、大作家相手に仮面をかけて、せっするからだ。

そもそも、そんなに異性や世間のことをよく知っている、わかっているという人間はおしなべて、ものを書こうという気はおこさないものなのだ。

しかし、そんな知ったかぶり大作家たちのポーズとやらの効果はあらわれるのに、おれがポーズをいくらとっても、効果はまるっきりなし。どうして？

元一流ホストといった実積がある、おれの作品が低評価で売れないのは、なぜか？

それは女をイヤってほど知っていても、作家としての才能がないからか……くそ！

おれはホストをやっていたときのほうが、比べものにならないほど稼げて、幸せだった。文壇デビューしたことが不幸のはじまりだ！

彼は、ねたみやすい性格である。最初は、円藤週作をねたんでいたが。円藤はすでに故人なので、ねたみの対象は有家どっとにうつっていた。

彼は不条理に思っていた。

——熱血バイオレンス小説だと！

あの女の書く小説は低俗で血なまぐさいナンセンスなまんがだ！

しかしながら、あんな荒唐無稽な物語の中にリアリティがたっぷり、というのは、彼も認めるしかなかった。

自分と自分の身のまわりでおきたことでなければリアリティのある作品が書けない進藤とは、対照的な才能だ。

どうして、と彼は歯軋りする。恋愛経験ゼロのどっとが、自分のバイオレンス小説の中に恋愛も入れて、それが評価され、俗受けもしているのだ。想像力だけでリアルに恋愛を書きやがる。おかしい。あいつは知的障害者じゃないか。バカと天才は紙一重なのか？

夜道を歩く進藤がいま抱いている自分の感情がはげしい嫉妬であることは百も承知だった。

「ちくしょう！」

と進藤はくわえていたタバコを地面にたたきつけて、踏みにじった。

「おい。エチケット違反だぞ」

と進藤のうしろから、無感情な声がかかった。

「何を、えらそうに」

胸をむかむかさせて、声の主にむきあった進藤は、絶句した。男の手にはピストルが握られているからだ。

「嫉妬の進藤太郎だな！」

「し、嫉妬だと……おれが何を！」

言い終わらぬうちに引き金がひかれた。銃声は消音器で消されていた。


『東大出で、エリートになる予定だったんだが、森治は、はたらきたくはない、と、卒業後、だだをこねて、はたらかなかった』

東京都花丸警察署刑事課課長井上警部は、都内で起きた殺人事件の被害者の森治のことをのべた。

「実家で、暮らしていたんですか？」

受話器を握るさらはきいた。

『いや。一人暮らしだ』

「じゃあ、生活は？」

『ああ。金持ちの兄弟たちに扶助してもらってたよ。東大卒で、まだ若い実の弟が生活保護だなんて、どうも世間体が悪かったんだろうよ。兄弟たちが扶助してくれるのをいいことに毎日毎日食っちゃ寝食ちゃ寝だったらしい』

「七つの大罪のひとつ怠惰ね」

『えっ？　七つの大罪って、なにそれ？』

「実は……」

さらはきのうの夜、どっとが思いついたことをのべた。

『じゃあ君は、六人は同じ殺し屋の犯行と？』

「ええ……でも六人じゃないわ。きのうの夜、大阪で同手口で進藤太郎という作家が殺害された。この作家は、嫉妬。七つの殺人事件は、ある組織にやとわれた殺し屋の犯行です。どれも心臓を一発で」

『そんな』

井上警部は息をのんだ。

『だが、たしかに七つの大罪にあてはまるな……』

さらは口調をもっと重々しくして話す。

「恐ろしいのは、この七人殺害で終わりではないという可能性が大いにある、と、わたしには思えてしかたがないことです」

『というと？』

「黒幕は今後も、この七つの大罪にあてはまる人間を百人でも千人でも、まっ殺するハラではないのか、とのけねんがあります」

井上警部は、さらの言葉にぎょっとしたのか、しばらく沈黙していた。やがて、

『しかしだね。そんなことをするナゾの組織の犯行動機は？』

「それはわからないし、七つの大罪がマチガイだとしても、七人を手にかけた殺し屋のうしろに巨大化した組織が存在していることはマチガイありません」

『巨大組織ねえ』

井上は実感がわかないというため息をついた。

『百歩ゆずってだなあ――もしそんなとほうもない巨大組織の犯行ならば、警察の手にはおえないんじゃないのかなあ』

手におえない、との言葉にさらはむっとした。失望と怒りをまじえて大声になる。

「でも、今のうちにできるかぎりの手をうたねば、日本が、いや世界中が大変なことになると思えてしかたがないんです！」

『警察には、うつ手はあるまい』

井上の声は冷めてきていた。

『そもそも、そんなナゾの巨大組織が存在しているという証拠を、君はわずかなりともつかんでいるのかね？』

「それは……」

『そらみたまえ。何ひとつの証拠も証言もなければ、妄想と思われるだけだよ』

「……」

さらは何も言えなくなった。妄想……それならいいのだが。ただ。

『君も知っているだろう。私は忙しいのだ。きるよ』

きれた。

「……」

さらは受話器をもどして、肩をすくめた。

「ま、しかたがないわね。なんの証拠もないんだから。ただ、わたしは胸さわぎがして、しょうがない。でもこれは、妄想ってやつなのかな。そう、やっぱり、妄想よ」

「それはちがいます」

コロリンボが、さらの目を直視し、言い切った。

「警部の胸さわぎは真実ですよ。警官のカンってやつを持ってる者なら誰しもが、うすうす気づいています。しかし手におえないことからは、誰もが逃げ腰になるまで」

「あなたが確信してるといっても、わたしとあなたのふたりだけでは、どうにもならない」

さらは深く息をついた。投げ出したい心境だった。

「そうですね」

コロリンボも嘆息した。それでも、その目にはある決意を固めているという表情をうかばせている。

「しかし実は、わたしは巨大組織のアジトをつかんでいるんですよ」

「何ですって？」

さらはコロリンボの意外な言葉に目を吊り上げて、立ちあがった。

コロリンボはたんたんとつづける。

「そのアジトは、この沖縄に存在しています」

「どうして、あなたが？」

「実は……」

コロリンボはじらすように言いよどんだかと思うと次の瞬間には、サルのようなすばしっこさで、さらの背後に身を移動させた。

「えっ！」

さらはぎょっとした。

コロリンボは手刀をさらの首筋に一発かます。

さらは気を失って倒れた。

ヨシュア

世界的な大作家となっても、どっとはバスに乗り、帰宅する。療育手帳のおかげで料金は半額ですむ。

しこたまもうけた大金は、ほとんどチャイルドスポンサーや飼い主のいない犬猫を保護するために使いこんだ。命あるものへの思いやりを大衆に育ませようと。

今日も、原稿を持って行った会社の人間に、沖縄に住むよりも、東京に住んだほうが、作家として、なにかと便利ですよ、と勧められた。

でも、東京はどっとの性には合わない。何より、姉とそんなにはなれると、生きてはいけなかった。

バスからおり、人家が少なく人気のないところで、どっとはいつのまにか、サングラスとマスクをして、素顔をかくした三人の男に、囲まれた。

「誰よ、おまえたちは?!」

はやくも、どっとの足は恐ろしさにふるえだす。

「有家どっとだな？」

一人の男がするどくきいた。

「おっと。大声を出せば、あの世行きだぞ！」

三人の男たちはピストルをどっとにむけた。

どっとはどっと冷汗を流した。

背の低い男が黒い布のようなものをにぎって言う。

「いまから、われわれのアジトに来てもらう。めかくしをするんだ」

「……」

「したがわない、とは言わせん。そのアジトには、おまえの大切な人が囚われの身になっているのだ」

「なんだって！　お、お姉ちゃんを！」

「大声を出すな。黙って、めかくしをするんだ！」

「……」

どっとはなすすべなしにめかくしをさせられ、車に乗せられてしまった。

極度の緊張で、しゃべることができなくなる。犯罪者らしい男たちに言いたいことは山ほどあるのに……。

脳裏には、姉の顔と愛猫ミーシャの姿がうかんでいた。

こんな事態では心理的時間が長く感じられるということはどっとも知っている。

車はとまり、運転していた男が、ついたぞ、と言った。

どっとは何をされるのかの恐ろしさと、どの道、このアジトに来るしかないという気持ちは半々だった。

自立心とは無縁のどっとが、頼れる人として、いつもすがっている人間が、エリート刑事の年のはなれた姉であった。その強い女であるはずの姉が今、悪者たちに囚われているのだ。

どっとは車からおろされて、めかくしをはずされた。

目の前に実に不気味な屋敷があった。でっかい家だが古めかしくオンボロだ。ふしぎだ。こんなに目立つ建物ならば、かくれ家にはならないはずなのに。

「歩け！」

とピストルを握った男たちに連行されて、どっとは屋敷の中に入れられた。

鼓動は速まるいっぽうだ。こんなに怖くて不安な思いは経験したことはない。

先頭を歩く男が、大きな部屋のドアにあるインターフォンのボタンをおす。

「有家どっとをつれてまいりました」

「よし。入れ」

しわがれた男の声がした。

ドアが開くと、縄でしばられた姉のさらの姿が見えた。サルグツワはされていない。

「どっと！」

と叫んださらの恐怖と不安にひきつった顔にどっとはたまらない気持ちになる。姉らしくはない。しかし恐怖を感じない人間など、よほどのバカか冷血漢かのどちらかだろう。

「お姉ちゃん！　えっ？」

どっとはおどろいた。

さらに銃口をむけている男は素顔をさらしている。コロリンボだった。

どっとはわけがわからなかった。

「コロリンボ刑事。どうして、あんたが?!」

「私はヨシュアの信者だ」

とコロリンボはそう言った。ピストルを誇示して、

「これはモデルガンなんかじゃないよ」

「コロリンボ……あんたはこんなやつらの仲間だったの？」

「わかるように教えてさしあげよう」

とデスクをはさんで、椅子に座っている男がしゃべった。

どっとは、姉とコロリンボに気をとられて、この男が目に入れられなかったのだ。

「おまえは誰よ！」

どっとは大声で詰問した。

「私の名は、真田しげのり。秘密信仰組織〈ヨシュア〉の頭領だ」

と自己紹介した男は、五十がらみの年齢で、丸顔のアンパンマンを連想させられる見た目の男だ。外見からはけっして悪そうにはみえなかった。

「おまえが頭領」

「手あらなマネはする気はない」

真田はアンパンマンのような顔をいっそうおだやかにする。

「それどころか、有家どっとさん。われわれは君を歓迎する」

「何のことよ」

「君こそ、世界一の作家だよ。だから、われらヨシュアは君を選んだ」

唐突な話にどっとは沈黙した。

真田はしゃべる。

「他の愚かな信仰組織は、自分たちの論理と一致した者を選ぶ。しかし、われらヨシュアが選ぶ基準は、能力だ。ぬきん出た能力を持つ者だけを選ぶ」

「と、言っても」

さらに銃口をむけつづけているコロリンボが口を出す。

「芸能人やスポーツマンなどは、一流だろうが選ばないんですよね」

「左様。そんな奴らは、われわれの目的である世なおしの役には立たぬブタにひとしい人間だからな」

真田はせせら笑いながらそう言い切った後、するどい眼光でどっとを見すえ、言葉を強くした。

「ひとつ言い忘れたが、われわれが選ぶのではないぞ。神が選ぶのだ……神がぬきん出た能力というものを強く求めて、選ぶのだ。君も私も、ヨシュアの信者は皆、神に選ばれ、神の意思で、世なおしの目的を遂行しようとする。善悪は神がきめるものだよ」

「神に選ばれし者のする神の意思の世なおしだと」

どっとの声は怒りにふるえはじめた。とんでもない奴らだ。

「すると、最近おきてる連続殺人はおまえたちのしわざか？」

「そのとおりだ。彼らは、神の計画に尻込みし、ヨシュアをぬけた。これは神への裏切りよ。神はお怒りになられた。よって、われわれは神の意思に従って彼らをまっ殺したのだ。君はこの神の殺人を、七つの大罪などと見当違いをしていたようだが……」

「ぬけた人間は、まだまともよ」

どっとはそう言い切り、質問する。

「進藤太郎を殺したのは？」

「進藤太郎……ああ、君をねたんでいた三流作家か。そんな男は知らないよ。そもそもそんな無能なるブタを神が選ぶはずがないだろう。彼を殺した者は、おおかた君の熱狂的ファンといったところだろう」

どっとは凍りつくような戦慄を覚えていた。

この連中は、神の意思によって動き、世なおしをするつもりだが、それはあのオウム真理教のサリンなんてものが、生やさしいものとまで思えるほどの、とんでもないしろものを使用し、何かしでかそうとしているのでは、と言ったイヤな予感がしてきたのだった。

「もういい。この人殺しども！　おまえたちは、あたしを懐柔する気か？」

どっとは目を吊り上げて怒鳴った。

「君には、われわれヨシュアの信者となり、神の意志に従って行動する以外に選択のよちはないはずだよ」

真田は一行にアンパンマンスマイルを崩さずに言った。

「人殺しも、それが神の命令ですることならば、正しい行ないとなるのだ。神の命令にそむくことこそが人間のいちばんの大罪だよ。

君は、ひょっとしたら、ヨシュアという者を知らないのでは？」

「知らない」

「何っ」

真田は少しだけ呆れたという表情をした。

「すると君は作家のくせに聖書を読んだことがないのかね？」

「ない。聖書には興味がないんでね」

「なら少し話が長くなる」

　真田はやれやれという態度を示してから、まくしたてる。

「旧約聖書の〈ヨシュア〉に載っている話だ。モーセの従者ヌンの子ヨシュアとその一族は、神から、カナンの地を与えられた。もちろんその地には、おおぜいの先住民族がいた。その先住民をヨシュアたちは皆殺しにしたのだ。老人、女、子供、赤ん坊とて容赦なく、剣にかけて、ほろぼした。さらにヨシュアはアイの住民も老若男女あわせて、一万二千人もことごとく皆殺しにした。剣でな……」

　黙って聞いていたどっとは辟易しながら口を開いた。

「腰のまがったお年寄りや泣き叫ぶ赤ん坊に子供まで虐殺する――そんなおぞましい行為は、すべて神の命令に従ってやったというの？」

「さよう。神の意思に従うことこそが正義なのだ」

「ふーん。ヨシュアは、魂を持たぬ神のあやつり人形だったわけね」

「とんでもない！」

　どっとの言葉に真田はアンパンマンの目をむいた。

「それはちがう。ヨシュアは偉大なる魂を持っていた。ヨシュアはその魂を、神にささげていた」

「ささげた神が、まともな神だと思ってんの」

どっとはあざ笑った。

「神にもピンからキリまでいる。邪悪な神もいれば、疫病神もいる。そのヨシュアやおまえたちの信じる神はまさに疫病神以下だね」

「何だと！」

真田のアンパンマンスマイルは一転して崩れた。単純にも憤りに顔を赤くして、はげしい語気でわめく。

「神は、おひとりしかいない！　天地創造をなしとげた万能なる神が、ただおひとりいるだけ！　私は聖書のヨシュアと同じく神の忠実なるしもべ。万事、神の命令どおりに行動する。よって私の言葉は神の言葉だ！」

この男は狂っている、と、どっとはゾクゾクさせられた。血も凍る思いだ。狂人には何を言っても通用しようもない。しかしとりあえずは、恐ろしい予感を聞きただす必要があった。

どっとは血の気のひいた顔で、おどおどときいた。

「早い話。あたしたちを懐柔して、これから何をしようというのよ?!」

「いい質問だ」

アンパンマンスマイルはかなぐりすてて、おくめんもなく本性をむき出しにした狂気の目で、どっとを睨みながら、真田はテレビのリモコンのスイッチをおした。

百インチはあるテレビの画面にミサイルがうつった。

「いっ！」

どっとはカンをはたらかせると、腰がぬけそうになった。悲鳴まじりに叫ぶように言った。

「これは、まさか――か、核ミサイル！」

「さよう」

真田はまなじりを吊り上げ、目を血ばしらせる。

「いまやサイはなげられた。今から三十分後に東京は、これによって壊滅する！　神はお怒りなのだ。東京に住む千四百万人は腐っている。だからこれでほろぼせというのが、神の命令だ！

われらヨシュアはこの神のおごそかな命には従わなければならない。老人も女も子供も犬猫も皆殺しにする！」

「そんなこと、あたしが絶対に許さない！」

どっとは身をふるわせ、叫んだ。

多くの人間や動物、植物のとうとい命がうばわれる。それはどっとにはがまんできない事態だった。自分の命にかえても阻止したいと思う。

「許さない、といっても。君はわれわれヨシュアの信者となるしかあるまい。断ったりすれば、君の最愛の姉が死ぬまでだ」

「どっと」

これまで黙っていたさらがきっぱりと言った。

「お姉ちゃんはどうなってもいいわ。そんな奴の言うことなんかきいちゃダメ！」

「言われなくても」

どっとはナイフを取り出し、にぎった。今日ナイフを持っていたのは、たまたまだった。

「このきちがいめ。ぶっ殺してやる！」

「バカか、君は！」

一瞬、死の恐怖がナイフを見た真田の表情にうかんだ。彼はおびえた自分にも腹を立てて、憤怒の形相になった。

「君は、神の意思に従わぬというのか！　ならば三十分後といわず、今すぐに、この核ミサイルを発射させるまでだ！」

真田の前にあるデスクにはスイッチがあった。

「これさえおせば、今すぐにも東京は壊滅だ！」

真田はサングラスにマスクをしている男たちに命じた。

「このバカ娘を殺せ！」

「どっとーっ！」

さらが悲痛に絶叫した。でも縄でしばられ、動けない。

男たちは、どっとのうしろから、ピストルをむけた。

銃弾があたったら、当然、痛いだろう、と、どっとは恐ろしさに足がすくみ、身がぶるぶるふるえた。シャツは冷汗でビッショリだ。しかし二メートル前にいる真田に核ミサイルのスイッチをおさせるわけにはいかない。

たとえこの身に何発ナマリダマをくらおうとも、真田がスイッチをおすまえに真田の首をナイフで突き刺す!

「よし。そこまでだ!」

とコロリンボが強い口調で言いながら、にぎっているピストルの銃口を真田にむけた。

「うぐっ!」

真田はビクリとして、手をひいた。

どっとは、コロリンボの意外な行動に拍子抜けした。

予期していなかった展開に誰しもが絶句する。

コロリンボはイケメンをソフトな表面にして、どっとをチラッと見た。

「どっとちゃん。君の勇気には驚かされたよ。てっきり甘ったれたわがまま娘のようにしか思ってなかったけど。ところがどっこい、愛のためなら、誰よりも勇敢になれる一面があるんだね。ほんと見直したよ」

そして、サングラスをした三人の男のうちの一人が、二人の男にピストルをむける。

「おまえたち、銃をすてろ！」

二人の男は銃をすてた。

「ど、どういうことだ。コロリンボにフリップ。おまえたちは私を裏切るのか！」

真田は目を血走らせ、冷汗を流しながら、ヒステリックにわめいた。

コロリンボはニヤリとして、言った。

「私は警察官ではない。ＣＩＡだ。本名は、トム・クルーズという」

何てステキな名前だろう。ハリウッドのスター俳優と同姓同名だ。

こんなときに、どっとはこんなことを思っていた。

「アメリカのうすぎたないスパイだったのか」

声をふるわせる真田に、二人のヨシュアの男に銃をすてさせたコロリンボの……いやトム・クルーズの同僚らしい男がしゃべった。

「核ミサイルをＢ国から、極秘に入手するぐらい、おまえたちヨシュアの組織が巨大化しているという情報はアメリカ政府にも入っていた。

そしておまえたちが次に核ミサイルで狙う都市が、わが国のニューヨークということもな」

トム・クルーズが、さらの縄をほどきながらしゃべる。

「そこで、われわれは、数年前から、日本政府と日本のスパイ組織や警察と極秘に協力して、おまえさんたちヨシュアの中に潜入していたのさ」

どっとは、さらをみつめた。

「お姉ちゃん、知ってたの？」

「いいえ。わたしは、これまで何も知らなかった。てっきりコロリンボはアメリカ出身の警察官とばかり……」

「敵をあざむくには味方からでね」

トム・クルーズは依然として、真田にピストルをむけている。

「うぬ！」

真田のまっ赤な顔は蒼白に変わっていた。ギリギリと奥歯をかみしめている——追い詰められた心境で、核ミサイルのスイッチをおしたいのだろう。しかし、トム・クルーズのピストルが恐ろしい。どっととはちがい、銃弾をくらってでもという覚悟などは、この種類の人間にはありえないのだ。

トムがさげすみの目で真田を眺めて言った。

「そのスイッチをおしたければ、好きにするがいい」

「何?!」

「テレビを見てみろ。おまえたちの核は処分されている」

テレビにうつる核ミサイルは、いまやボロボロに破壊されていた。

トムの同僚がさきほどから携帯電話で話をしていたが、了解と言うと、携帯を切り、しゃべった。

「一件落着だ。おまえたちヨシュアの信者たちの潜伏先は、すでに日本国内すべて、つかんでいた。全員、一網打尽だ」

「そんな……」

真田はがっくりと肩をおとし、ふぬけのようになる。

トムが真田に追い討ちをかけるように言う。

「ここも、まもなく警察が来るだろう」

「……」

「しかしおまえさんは、とんでもない大罪を犯したものだな。オウムのアサハラどころじゃない罪を。まあ、死刑はまぬがれないと思うが」

死刑との言葉に真田は身を硬直させ、冷汗をおびただしく流しながら、まくしたてる。

「わ、私が死刑に！　そこまでの罪は犯してはいない。私は己の意思を持たず、ただただ神の意のままに行動した。神のおおせにロボットのようになっていたにすぎん。私はなにひとつ自分の意思でやったためしはない。私は神に利用されていただけだ。神の被害者だ！」

「やれやれ」

トムが冷笑した。

「一転、神の悪口を言い出し、神に責任転嫁かね」

「そうじゃない！」

真田はぶるぶる身をふるわせ、怒鳴った。そしてわめきつづける。

「いま気づいたんだ。私や聖書のヨシュアがこれまで崇めていた神は、どっとの言い分どおり、疫病神以下の神ということに。私はそんな神に利用され、自分の意思を持たず、あやつられていたんだよ！」

「そんな話は、ここでせず、弁護士とするんだな」

トムが往生際の悪さを、ここでさらす真田をせせら笑いながら、言った。

さらは黙っているものの、真田を見る目には冷ややかな軽蔑の表情がうかんでいた。

しかしどっとひとりは、憐れみの目で、真田を眺めていた。

オウムのアサハラと同様に真田も死刑が近づくと、なんとも情けないざまをさらす。この男は病人ではないのか。こんな男は死刑にする値うちもない。

外道の命も、命は命だ。

外から、パトカーのサイレンの音が響く。

真田は泣き叫び、死にたくない、とわめきつづける。

何とも憐れだ。

夢のような日

「あれから、一週間たっても、テレビやラジオは、ヨシュア事件に関する特番ばっかし」

どっとは、カフェの窓から見える美しい海を眺めて、うんざりと言った。

「当然だよ。東京が核ミサイルで壊滅される寸前だったんだから。拡大化した信仰組織の恐ろしさを日本中が……いや世界中があらためて思い知ったんだ。

ボスの真田は大それた夢をみた。世界を征服するという、神を利用した上で」

しゃべりながらもトム・クルーズは、どっとから視線をはずすことができなかった。

これまでのどっとは、美少女のような容姿をしてはいても、清潔感がゼロだった。しかし今日のどっとは、風呂に入り、清潔にし、肌にみがきをかけ、メークしていた。オシャレなファッションを着こなし、すこぶるつきの美女に見える。色気もたっぷりであった。

どっとが誰のために、こんなにきれいにしてきているのかは、あきらかである。

トムは、見違えたどっとに、お茶飲まない、と誘われて、のこのこ、このカフェに入ったのだった。

以後、トムはどっとの誘惑に悩まされつづけていた。

「あたしも、いつも夢みてる。イケメンの王子さまに抱かれる夢をね」

はばからないどっとの声は、カフェ中つつぬけだった。

トムだけではなく、カフェの客みんなが、どっとに視線をおくった。

「こ、声が大きいよ」

トムはのぼせあがった。ドキドキしている。

どっとはチャーミングな微笑をうかべて、さりげなく、トムの手をにぎった。

「あんたは、東京を悪の手から救ったヒーローよ」

「ああ」

どっとの手がやわらかく、そして温かかったので、トムは嘆息した。この露骨な誘惑に、どうしたらいいのか、迷う。

「いやあ。手をにぎるのには段階があって」

どっとは不機嫌な表情になった。すねた目をしてトムを睨んだ。

「あたし、魅力ない？」

「と、とんでもない」

トムはつい悲鳴まじりの声をあげてしまった。どっとのすねた目の魅力になおさらのぼせあがり、下半身のぼうはオスの本能を示していた。理性を失いそうになる。

「で、でも、でもね。私には、妻がいるんだよ」

トムの手をにぎっている手にどっとは、力をこめた。

「ふーん。あたしより、きれいなひとなの？」

「いや」

トムはかぶりをふった。

「顔はブサイク。とても君の足もとにもおよばない女さ。ただ性格のいい女性なんだ。裏切りたくないんだよ」

「あたしとあんたの二人きりの秘密ってことにすれば、今、アメリカにいる奥さんには知れないことじゃん。ばれないよ。大丈夫。あたしはただ一回だけ、あんたとエッチすれば満足で、これ以上なにも望まないんだからさ」

どっとの言葉には、うそはない、とトムは判断できた。トムにも人を見る目はあった。このわがままいっぱいに育ったどっとは何でも自分の思いどおりにしなければおさまらない性格だが、それでも目的は、単にトムと一回だけ、エッチすることだけだ。女ストーカーになるほど、トムに執着心を燃やしているわけではない。ただ、一回はしなくては、がまんできないというのだろう。それならば、黙っていさえすれば、妻にはわからない。

トムは、あきらめていた夢を叶えるチャンスがいま巡ってきた、と思えた。せめて一度でいいから、美しい女性とエッチしたいという夢が。

こうしてトムは、どっとの色じかけの誘いに乗るはめになり、二人はラブホテルに入って、ベッドで、エッチをしたのだった。

「今日の君は、いい匂いがするよ」

夢を叶えたトムはベッドの上で、ポツリと言った。

「はじめて君と会ったときは、正直、君は臭かった」

「お風呂、きらいなの。ぬれるのがイヤで」

「でも、風呂はなるべく毎日入ったほうがいいよ。特に君のようなチャーミングな女の子なら、なおさら」

「そうだね。今日お風呂に入って、きれいにきれいにしたから、夢のような日を経験できた。東京を救ったヒーローに抱かれるなんて、ほんと夢みたい」

どっとの満足しきった無邪気な笑顔を見て、トムは内心ホッと胸をなでおろした。心のすみでは、どっとが、これをきっかけに自分につきまとうのかもという不安があったのだ。でも、どっとは本当にこれ一回きりで十分らしい。

「私も、夢が叶ったよ」

本音を口にしたトムを、どっとはなごりおしそうな表情で見る。

「あしたアメリカに帰るんだね。あたしたち、もう会うこともないんだ」

「いや。いつか、また会えるさ」

トムは自分から、どっとの手をにぎった。

地球滅亡の夢

トムと別れてから、トムの夢ばかりみると思っていたのに、ここのところ、どっとは最悪の夢をみてばかりだった。地球滅亡の悪夢で……。三日も、これがつづくと、どっとも不安を感じる。

「ただの夢」

ベッドからおり、パソコンを置いてあるテーブルの前に座り、姉に買ってもらったぜいたくな七十五インチの４Ｋテレビをつける。

テレビはなおも、ヨシュア事件を特番で放送している。

実は、どっとは東京のテレビ局から、出演してほしいと、要望されていた。しかしどっとは断った。人前で話をすることが苦手であったからだ。

自分は小説を書くことしか能がない人間だ。

新作『ブタがせめてくる』は、はやしめきりが迫っていた。

それでも、急いで仕事にかかろうとはせずに、ブルーレインディスクに録ってある『サザエさん』を見る。ほのぼのとしたこの世界には、どっとはいつも心をなごまされていた。地球滅亡の悪夢など頭から消し飛ぶ。

あんな大事件に直面して、疲れているから、悪夢をみるのだ。

「あなたは『サザエさん』を見ているヒマなどありませんよ」

という声が、どっとの耳にとどいた。

「えっ？」

「地球滅亡の日が近づいているのです」

声の主は女性だ。幻聴じゃない。はっきり聞こえる。

どっとはあたりを見回した。

「誰？　どこにいるのよ⁈」

「わたくしはつねにあなたのそばにいます。わたくしは太古から地球人類に、神と呼ばれてきました。でもわたくしは、神ではなく、宇宙人なのです」

「宇宙人だって！」

どっとはハッと目を覚ました。

「なんだー夢か」

でも、夢にしては、リアルなしろものだった。

テレビでは、サザエがカツオをおいかけている。

どっとは不審に思った。自分は仕事中に、うとうととねむってしまうことはあっても、大好きなテレビ番組を見ているうちにうとうととすることなんか一度もないのだ。何とも言えない不安を覚えた。地球が滅亡する前兆はいろいろある。不安を真実と認めると、どっとは自分を宇宙人の子と思いこむ、もとのもくあみとなってしまうのだ。

「夢よ、ただの。あんな大事件に直面した恐怖が残っていて、よっぽど疲れてんのよ」

実際、銃弾を身にあびる寸前だったあのときの恐怖を思い出すと、今でも、どっとのからだはぶるりとふるえるのだった。

ベッドの上で猫のミーシャがねていた。

「そういえば、ミーシャ、今日から二十五歳ね」

どっとは、ミーシャのやせた体にふれた。しかし様子がおかしい。

「ミーシャ！」

どっとは青ざめ、ミーシャをはげしくゆすった。

そんな！　あんなにピンピンしていたのに！

「ミーシャ！　起きてよ？　目をあけてーっ！」

ペットロスとメーテ

「大往生じゃないの」

さらは、ミーシャの骨壺を抱き、うなだれているどっとを、陽気さをよそおってなだめた。

どっとは魂がぬけたようになっていた。二十五年間もそばにいてくれた愛猫の死は、どっとに致命的なショックをあたえていた。

「ペットショップに行こう」

と、さらはどっとの肩を抱き、言った。

「えっ」

「かわりの猫、買ってあげるわ」

どっとは作家として、もうけた大金は、ほとんどボランティアに使ってしまうため、ペットショップで、猫を買うような金はなかった。

那覇市の中心部にあるオシャレな印象のペットショップに、ふたりは足をはこんだ。

ペットショップのドアを開けるなり、わんわん、にあにあ、と犬と猫が大音声を上げる。

二十二、三くらいの女の子がひとりで店をきりもりしていた。
「いらっしゃいませ」

「小猫がほしいんだけど」

と言ったさらの袖を、どっとはひっぱった。

「猫は、もういい」

「じゃあ、わんこがいいの」

「うん」

どっとは幼い女の子のような笑顔を見せた。どっとが幼い頃から見せていた無邪気だが、どこかカゲのある笑顔。さらは、これを見るたびに、母性本能がくすぐられてきた。

「それじゃあ、小犬を。小型犬がいいわね」

「おすすめは」

女の子が言った。

「シーズーちゃん。人なつっこいわんちゃんですよ」

檻の中のシーズー犬は、初めて会ったさらとどっとと目があうなり、飛びつき飛びつきをする態度を示す。

「まあ。メチャかわいい。どっと、このコにしようよ」

「でも、こうも無警戒な犬は利口じゃない」

「それなら、パグちゃんがおすすめです。人なつっこい上に、とても利口な犬種です」

女の子に示されたパグ犬は顔がなんともいえなかった。

「ブサカワなわんちゃんねえ。どっと、このコにする？」

「……」

どっとは無言でかぶりをふり、

「あれ」

と、どっとが指さした犬は五十万円のブルドッグだったので、さらはその金額に困惑した。それでも重症とすらいえるどっとのペットロスを思うと、無理してでも買ってやろうという気になる。心のすみでは、こう甘やかしてもいいものか、といった思いもあったが。

檻の中に一匹いるブルドッグは小犬のくせに、いかつい顔をしていた。

さらは、女の子にきいた。

「ブルドッグは猛犬じゃないの？　かむ犬とも聞いたことがあるけど」

「とんでもありません」

女の子は強い口調で否定する。

「猛犬だったのは、牛と戦っていたはるか昔の話です。今では、心のやさしい犬に改良されております」

たしかにブルドッグは顔に似合わず、おだやかそうだ。さらとどっとをみつめて、クンクンいっている。

「なるほど。性格よさそうねえ」

「今では、愛玩犬です。おっとりしすぎて、番犬にはむかないけど」

「男の子？　女の子？」

「男の子です」

「じゃあ、このコにするわ」

さらはどっとを見た。

「どうしたの？　どっと」

「お姉ちゃん……ありがとう」

どっとは身をふるわせて泣いていた。こんなに泣くどっとを、さらは見たことはない。不安が残った。


「何ーっ！　愛猫を亡くしたから、『ブタがせめてくる』が書けなくなったって」

東京の出版社の編集者の声のトーンははねあがった。

「なに考えてるんですか。たかがペットロスくらいのことで」

「たかがペットロスだと」

どっとはスマホをぎゅうっとにぎり立腹した。

「動物に興味のない人に、あたしの気持ちがわかるものか」

「わかります。私にも溺愛していたペットがいました。チワワ犬です。そのチワワ犬を亡くしたとき、私がどんなに悲嘆にくれたか。しかしそれでも、仕事をするときには、内面のものなんぞおくびにも出さずに仕事をする。それが男というものではありませんか」

「あたしは、女だけど」

「あっ……そうですね。しかし、先生が書かなければ、世界中のめぐまれない子供たちはどうなるのですか。そしてめぐまれない動物たちのことも。犬猫の殺処分をゼロにするのが、先生の望みなんでしょう。


人にとって、いちばん大切なものは、命あるものへの思いやり、ということを先生は身をもって、示していた。それに世界中の多くの人々が共感し、先生を応援しているんですよ。先生は、その人々の期待をうらぎるつもりですか」


編集者の長広舌にどっとは目覚めた。自分が小説を書くのは、大きな志のためなのだ。

「わかった。自信はないけど、とにかくがんばってみる。あたしには投げ出す気はまるっきりないんだから」


どっとには新作を満足な質の作品にしあげる自信がなかった。ミーシャが生きていたときには、つねにいろいろなことが、ひらめいていたのだ。けれどもミーシャを亡くしてから、ミーシャのことしか頭になく、ひらめきようがなかった。

どっとはすっかりやせてしまった。この一週間は泣きつづけるばかりだった。

クンクンとブルドッグがよってきて、どっとの涙にぬれた顔をペロンペロンとなめる。愛玩犬化された今日のブルドッグは共感能力が高い。どっとを心配していた。

どっとはブルドッグの頭をなでて、話しかける。

「おまえ、ミーシャのこと知ってる？　知ってるわけないよねえ」

どっとはぬけがらのようになっていた。飼い猫の死によって、これほどのダメージを受けるとは、ミーシャを亡くす前は思ってもみなかった。

「あなたは、ふさぎこんではなりませぬ」

と前に聞いた女性の声がした。あのときは夢と思っていた。今も夢と思い、

「夢か」

「いいえ。夢ではありません。わたくしの名は、メーテ。宇宙人です。太古から人類は、人間の能力を超えた力を示す、わたくしたちを、神、と思いつづけてきたのです。でもわたくしたちは神ではありません。銀河系のある星からやってきた宇宙人です。わたくしたちには今、窮地にたたされている地球を救う能力はあります」

どっとは肩をすくめた。

「今、地球が窮地にたたされているって？」

「そう。このまま、わたくしたちが何の手も打たなければ、地球は近いうちに巨大地震や火山大爆発などが地球中に生じ、滅びてしまうでしょう」

「じ、じゃあ、ただちに手を打ってよ！」

どっとは大声を出した。これは夢なんかじゃない、と確信しはじめ、あせる心境になっていた。これは大変、助けてもらわなければ、と。

「手を打ってさしあげたいのは、やまやまですが、わたくしたちの姿は、地球人から見れば、怪物に見えてしまうでしょう。わたくしたちを心底から恐れるはずです。そして、わたくしたちを誤解し、地球を侵略しに現われた、と、とられてしまうでしょう」

「……」

「わたくしたちが、地球を救うためには、地球人ひとりひとりが、わたくしたちの存在と目的を理解しなければなりません。理解させる役目をあなたに担っていただきたいのです」

「あたしに！」

どっとはかぶりをふった。

「無理よ。そんな役目」

「あなたなら、できます。というのは、あなたは地球人ではなく、宇宙人の子だからです」

「？　……！」

どっとは深甚な衝撃を受けていた。むかし、自分が思いこんでいた妄想は、やはり、妄想な

どではなかったのか⁉

「それじゃあ、あたしが宇宙人の子供なら、お姉ちゃんとあたしはアカの他人なの？」

「ちがいます。あなたのお姉さんもあなた同様に宇宙人の子供なのです。ただし彼女の場合は、その真実にまるっきり気づかず、自覚をおぼえないだけです。あなたたち姉妹は両親にぜんぜん似てないでしょう」

「あんたはお姉ちゃんの前には現われないの？」

「宇宙人の存在を心底から信じない人間には自覚がゼロなだけに、わたくしの声を聞くことはできません」

「なるほど……あっ！　でも、あたしら姉妹が宇宙人の姿なんかじゃないのは？」

「役目を担って生まれたあなたたち姉妹は地球人の姿で生まれてきたのです。わたくしたちの力で、あなたたちを、そんな姿にしました。たとえ地球人の腹から生まれてきても、あなたたちは、宇宙人の子なのです」

あたしたちは使命を持って、つくられた親から、生まれたのか……と、どっとは信じはじめていた。

姉妹げんか

刑事部屋の課長席で、タバコをすうさらは、不快指数の高い胸騒ぎに表情をくもらせていた。妹が妙なことを考えだすと、きまって、この手の不快な虫の知らせがとどいてくる。近親者は霊的なつながりもあるから、おりおり、このような現象が生じる。さらとどっとの場合は、年は離れているものの、まるで一卵性の双子にも劣らない霊的なつながりの深さがあった。

同じだ！　七年前のどっとが自分を宇宙人だという妄想を抱き大変だったときと――あのときにも事前にこんな不快な虫の知らせがとどいた。しかも不快指数の高さは、今回のは七年前のときとは比べものにならないのだった。

どっとが愛猫を亡くして、うちひしがれていた様子をうかがってから、すでにイヤな予感はあったが……。

「どうしたんだね。顔色がすぐれないようだが」

初老の男性が、さらの目の前にいた。

「これは、署長」

さらは立ち上がった。

「いや。座っていいよ。ただタバコはやめたほうがいい。体は大切にね」

「すみません」

さらはタバコの火を灰皿にもみけした。

「実は君に、うれしい知らせをつたえに来た」

署長のにこにことした表情がやや哀愁の色を示す。

「私が、もうすぐ定年退職するということは、君も知っているだろう」

「はあ」

「君のこれまでの立派なはたらきを認め、私のあとがまには君を座らせようと思う。君が警視に昇任することも決まった。相談のうえで決まったことだ」

「わたしが署長に⁉」

さらはどきどきと胸を高鳴らせていた。夢が叶おうとしているのだ。それでも、さらの表情にはくもりが消えてはいない。

「どうしたんだね。うれしくないの？」

「いいえ。ただ突然のことで実感が……」

さらは、定年退職する署長の哀愁というのを気づかって、うれしさを表面に出さないでいたのではなく、妹のことでなおさらの不安をつのらせていたのだった。

あの不快指数のやたら高い虫の知らせが、さらの頭からはなれようもない。

もし今、どっとが妙なことをしたら……！　さらは背中がヒンヤリとさむくなっていた。


あたしは誓って、幻聴を聞いたわけじゃない。この耳で、宇宙人メーテの話を聞いたのだ。ハッキリと。あれが幻聴のはずがない。もう小説なんぞ書いている場合ではなく、なんとかしなければ、と、居ても立ってもいられなくなる。

どっとは東京に行くことにしていた。しかし、テレビに出演させてもらい、メーテの話をするのはダメだ。自分は人前で話をすることが大の苦手だ。テレビカメラを意識すると、石のようになってしまう。もし、うまく話せたとしても、自分のする、荒唐無稽にもとられる話を何人が信じてくれるのだ。

やっぱり、きのう思いついた計画を断行するしかないのか。ただその計画には、どっとでも、ためらいはある。

しかしもはやそれしか、打つ手がないとすれば……！

どっとは頭が痛くなった。深刻な表情で、家に帰る。

ドアを開けると、まだ名前をつけていないブルドッグが出迎えに走りよってきた。

ペロンペロンと、どっとの顔をなめる。

東京に行っている間、このコをペットショップにあずけなければ、と思う。

どっとは、二階のテレビがある部屋に入った。

さらが、テーブルの前に座っていた。

「来てたの、お姉ちゃん」

「……」

さらは暗い顔をしていた。テーブルの上にどっとの日記がある。それを指でつつき、押し殺した声で言った。

「東京に行って、皇居に不法侵入し、天皇に直訴する計画があるようねえ」

「ひどい！」

どっとは怨嗟の声をあげた。

「人の日記を勝手に読むなんて最低よ！」

しかしさらはきつい表情も声も変えることなく、

「天皇なんかに直訴したところで、どうなるものでもないわ。だって、天皇なんて日本人にとっては、かざりのマネキンにすぎない。何の力もないんだからね」

「そんなことない！」

どっとは叫んだ。

「古代から今日まで、天皇は、たとえ何の力もなくとも、日本人にいちもく置かれてきた存在なのよ。天皇の言葉には日本人の多くを信じこませる説得力があるの」

「天皇はあなたの言うことなど、きちがいか、と思うだけで信じるはずもないわ」

「そんなことない！」

どっとは、さらの言い分を否定してから、姉を見すえて、

「あたしの日記読んだんでしょう。あたしとお姉ちゃんは、宇宙人の子供だって、メーテが言ってた」

「ほほほほほほ」

とさらはヒステリックに笑った。

「わたしが宇宙人の子供だって。そんなことありえない。あなたもよ。わたしもあなたも地球人。

そもそも宇宙人なんか存在しないわ。もし、そんなものがいるのなら、とっくのむかしに地球は宇宙人に侵略されていたはずよ」

「宇宙人は神のごとく、愛にみちた存在なのよ。地球の危機を命がけで救ってくれようとしている。それこそ、慈愛の心で」

どっとはさらの肩をつかんだ。言葉を強くする。

「だから、あたしはそのことを、人類ひとりひとりに理解してもらうために、天皇に直訴を！」

「お姉ちゃんの首をしめる気なの？」

さらの声音は冷たく響いた。

どっとは、ぎょっとして沈黙する。いまだかって、こんなに怖い顔した姉など見たためしがなかったからだ。

「お姉ちゃんね。近いうちに署長に出世するの。あなたも知ってるでしょう。わたしの夢のこと。夢が叶おうとしているときに、あんたに妙なことをされたら、お姉ちゃんの夢は泡と消えるのよ。いや、それどころか……」

「……」

「警察は、わたしの人生そのもの。あんたは、これをうばうつもり。身内の不始末で警察を去った人をお姉ちゃんは何人も見てきたからね」

さらの口調は意外とたんたんとしているが、トゲがあった。

どっとは逆らった。声をうわずらせる。

「でもね。地球が滅亡しようとしてんのよ。そうなったら、夢も警察もないじゃないの！」

「だから」

さらは、どん、とテーブルを叩いた。

「地球滅亡なんてないのよ。宇宙人なんて存在しないの！」

「でも、メーテが！」

「あなたは幻聴を聞いたのよ。愛猫を亡くして、どうかしてんのよ」

「メーテの声を聞いたのは、ミーシャを亡くす前からだった」

「幻聴だって！　また、ぶりかえしはじめたの！」

さらは立ち上がり、怒鳴っていた。

「これ以上、エスカレートするとなると、また強制入院するはめになるわよ！」

さらのこの言葉は、どっとにとって、平手打ちをくらうよりも、効き目があった。

いやだ！　精神病院に入院なんて、そんなの絶対にいやだ！

気まずい沈黙が、しばらく姉妹のあいだでつづく。

クンクンと、ブルドッグが、どっとを心配し、部屋に入ってきて、どっとによってくる。

さらはブルドッグの頭をなでると、いつものねこなで声にもどり、

「あなたが入院となれば、このコはどうなるの。あなたも、もう子供じゃないんだから、自分の行動には責任を持って慎重にね」


姉が立ち去ったあと、どっとは自分に自信が持てなくなっていた。

やっぱり、あたしはイカれているのか？　幻聴を聞くのなら、イカれているとしか思えない。

しかし、もし万一にでも、幻聴なんかじゃない、とすれば……！


「もう入院してもらうしかないねえ」

さらの夫の有家政彦はソファに座り、ワインを半分ほど飲んでから、結論を出した。

「その必要はないわ。わたしが十分かけあったから」

さらはどっとを庇った。

政彦は強い口調で言い切る。

「言い出したら、人の話なんか聞かないよ、あの子は」

「わたしの話なら聞くわ」

「聞かない、絶対にね！」

「……」

さらを黙らせた政彦は深いため息をついてから、しゃべった。

「言うことを聞かない子になったのは、君が甘やかして育てたからだぞ。まあ、ぼくも甘かったけれども」

「わたしは、それほど……」

「君の欲求不満が、すべてのはじまりだ」

「なんですって！」

さらは気色ばみ、ワインをまずそうに飲む夫を睨んだ。

「説明して」

「ああ。このさい、言ってやるとも」

酔いが回ってきた勢いで政彦はまくしたてる。

「結婚後も、どっとをひきとってからも、君は仕事が多忙だから、おなかを痛めたわが子を産むヒマがない、と、つねに不満をかくそうともしなかった。ぼくは、それならいっそ、警察をやめたら、と勧めた。ところが君は、警察は自分の人生そのもの、などと、かっこいいことを言い切り、ぼくの勧めを却下した。しかし君は、いつも自分のおなかを痛めたわが子をほしがっていた。子をつくれない君の欲求はつのるいっぽうだった。その欲求不満のはけぐちに、溺愛した――どっとをね」

「……」

「ぼくも子供がほしかったから、あの子を甘やかさないことを条件にひきとることに同意したんだ。ところが君は三歳だったあの子をひきとりしだい、わがままいっぱいに育てた。そのために、どっとはあんな大人に育った。もう、三十近いというのに」

「あの子をそんなふうに言わないで！」

さらは目くじらをたて、金切り声を出した。

「そんなこと言われるすじあいはないわ。だって、あの子はあんなりっぱな大作家となったじゃない。わたしは妹をほこりに思ってるわ」

「同感だ。ぼくもあの子をほこりに思ってるよ――そりゃあ、世界的な大作家にまでなり、その上で稼いだ大金を世のためになることに寄付している。世界中の弱い者の面倒までみる。まさに世界のどっとだ」

「わかってるじゃないの。それじゃあ、あなたは何が言いたいの？」

「ぼくが言いたいのは」

政彦はさらをみつめて、わりとたんたんとした口調になった。

「世界中の弱い者の面倒までみれる世界のどっとなら、自分の面倒くらい十分みれるはずだな──それなのに、どうして、そのどっとの面倒を、君がみる必要があるんだ。これは不条理じゃないか」

「不条理なんかじゃないわ。あの子は障害があるから……」

「障害なんて関係ないさ。だって、あの子は、本来ぼくたちよりもはるかに経済力があるんだから」

「あの子だって、自分の生活費くらいは残してるわよ」

「でも、すぐそれを使いはたすことが多いだろう。君をアテにして。『お姉ちゃん、おなかすいた』なんて言って、君に金を無心してくる。そのとき、君は、いちどだって、あの子を叱ったことがあるのかね」

「……」

「叱るどころか、君はあの子のほしがるものを何でも買ってやる。前は、ブルドッグなんか買ってやって」

「……」

「君はあの子のパトロンのつもりなんだろうが、与えれば、与えるだけ、あの子は、ほしがる。キリがないよ。君が与えたがるのは、怖いからだ」

「何がよ？」

「与えることとやめることによって、妹が自分の手から、はなれることが怖いのさ」

「！　……」

さらは、はっとした。考えてみたことはいちどもなかった。しかし言われると、たしかにそのとおりだった。さらにとって、どっとはいつまでも、三歳のときのままの小さな女の子なのだ。

政彦は追い討ちをかけるようにまくしたてる。

「君は、どっとの姉という立場も強く意識しなければならない。世間は、世界のどっとを母親がわりに育てた姉はどういう女性なのか、というのをいろいろ評している。有家どっとについて書かれた本には、君もいろいろと書かれている。どっとの姉は、りっぱなエリート刑事とほめてくれているのもあれば、超過保護のお姉ちゃんと批判されているのもあるぞ」

「あなたとて同様でしょう。わたしは世間にどう揶揄されても平気よ」

さらはソファに座って、タバコに火をつけた。タバコは好きだが、酒は飲めない。でも飲みたい心境になる。

政彦は立ち上がり、なげやりに言った。

「まあ、こんなことは言ってもしかたがない。でも、どっとは入院させよう」

「そんな！」

さらはタバコの火を灰皿にもみ消し、夫を睨んだ。

「あなたは平気なの?!　あの子を入院させて！」

「しかたがないじゃないか。七年前の病気を、どっとは、ぶりかえしている。それも七年前より、深刻だ」

「だから入院させたくないのよ。七年前は、一年入院ですんだけど、今回は何年入院になるか」

さらの声はふるえていた。

「しかたがないんだ！」

政彦は怒鳴って、この言葉をくりかえした。

「あの子に妙なことされたら、教授としてのぼくの立場がない。君もそうだろう。念願叶って、署長に出世しようとしている。それなのに、もしどっとが、皇居に不法侵入でもしたら、どうなる」

「まさか……」

さらは死神に襟首をつかまれているような顔をしていた。いま自分は苦渋の決断にせまられているのだ。

警察と頭のイカれた妹を、てんびんにかけなければならない。

非番の日、さらは人の入りが少ないカフェで、どっとが七年前入院していたときのどっとの担当精神科医の木下みどりと話をしていた。

みどりとは同年配で、気が合い、長年にわたって友人関係をきずいていた。

「困ったことねえ」

とみどりはため息まじりに言った。

「そんな幻聴が聞こえるとはねえ」

しかしみどりは、皇居に不法侵入したりするようなバカなマネはしないと思う、と言ってくれた。

木下みどりは、夫とは十年前に別れて、子供もいない。親兄弟すらいない。完全なひとり者だ。

今、さらはそんなみどりをうらやましく思う心境になっていた。自分も彼女のように完全なひとり者であったとしたら、誰かの妻でもなければ、誰かの姉でもないのだから、いまの悩みなどありえないのだ。

「あの子は天才よ」

とみどりはクールに言い切った。

「天才には必ず狂気がともなうわ。ペットロスがきっかけとなり、ぶりかえした。しかしながら、そのイカれようは人を傷つけたりする種類のものではないわねえ」

さらはホッと胸をなでおろした。でもあたりまえだとも思っていた。あのどっとが人を傷つけるはずがない。

「でもね」

みどりの職務的なクールな表面が一変し、言いずらそうにしゃべる。

「ブレーキはきかない。理性が弱く、本能で生きてるような子なんだから。人を傷つけるおそれはなくとも……。とどのつまり、だけど……自殺の可能性はある」

「何ですって！」

さらの顔から血の気がひいた。手がふるえている。

「おちついて。まだそんな段階じゃないわ。でも妙なことされたら、あなたも大変困るでしょう。せっかく署長になれるというときに」

「……」

どうどうめぐり

どうして、あたしはこんなところにいるの？

今、どっとは、バンテリン精神病院の保護室に入っていた。

七年前も、あれよあれよという間に強制入院させられたわけだが。今回は、こんなところにしばりつけられている場合ではなかった。

自分に地球の命運がかかっているのだ。一刻の猶予もない。こんなときに！

どっとはあらんかぎりの大声を出した。

「出して、ここから！　あたしには重大な使命があるの！」

「うるさいわねえ」

と、担当医の木下みどりが現われた。屈強な体をした男性看護師がうしろにいる。

「あんまり、うるさいと鎮静剤をうつことになるわよ」

鎮静剤をうたれて眠っているヒマはない。どっとは必死に冷静になろうとつとめたが、それは無理というものだ。

「姉に会わせて！　ここから出してもらう！」

「退院が、いつかは、私が判断すること。保護者は関係ない」

みどりはクールな態度で接しているが、目には、うんざりといった表情があった。

「もう、一刻の猶予も許されないのよ！」

どっとは身もだえしていた。汗をしたたらせて、シャツはビッショリになり、やつれはてている。

客観的にみて、どっとを正気と思う人はいないだろう。

「あなたの話は、もう聞きあきたわ」

みどりは吐き捨てた。

「どう、幻聴は聞こえる？」

みどりのこの質問にどっとはしばらく黙りこんだ。

「それが……メーテはずっと現われてくれないのよ」

「そりゃそうよ。メーテなんて存在しないんだから」

「そんなはずはない！」

どっとは狂気のごとく叫んだ。檻をどかどかとすごい力で叩いた。拳固から血が出ている。

「鎮静剤を」

とみどりは男性看護師に命じた。

保護室の中に男性看護師が注射をにぎって入ってきた。

「いやーっ！」

どっとは悲鳴をあげながら逃げまわったが、男性看護師は、でっかい図体に似合わない機敏な動きで、どっとをつかまえ、鎮静剤をうった。


どっとは今、夢をみている。ミーシャの夢だ。どっとには、夢とわかっていた。だってミーシャが生きているのだから。

ミーシャを亡くして、こんなにもうちのめされるとは思っていなかった。新しく猫を買えば、ますますミーシャを思い出すだけ。だからミーシャとは見た目が似ても似つかない、ブルドッグを姉に買ってもらったのだ。それでも胸の痛みは消えようもない。

「ミーシャ！」

どっとは目覚めた。毎日多量にくすりを飲まされている上で、鎮静剤までうたれて、頭がはたらかない。まだ、ねたりない。

「どっと」

姉の声がした。

どっとはベッドから身をおこした。体がナマリのように重い。はうようにして、さらの立っている鉄格子に身をよせた。

くすりのせいか、怒りの感情はわいてこない。ねむけがひどい。目を開けることすら苦痛なのだ。

「ブルドッグはどうなってる?」

さらにした最初の質問がこれだった。どっとは本当に動物が好きな娘なので、どっとらしいといえた。さらの目に安堵の表情がうかんだ。

「うちであずかってるわ。だけど、飼い主のあなたがいないから、さびしそうよ。一日も早く退院して、あなたがあの家に帰らないことには……」

「あたしはもう死ぬまで、ここから出られない」

「そんなことない」

さらは、とんでもないという声をだし、かぶりをふった。

「あなたのバカげた熱が冷めしだい、こんなところ出て行けるわ」

「メーテのこと言ってんの?」

どっとはのろのろと姉の目を直視する。

「もし、メーテのことが幻聴なんかじゃなく、真実だったら、どうすんのよ……」

どっとは力のない声を出していた。ものすごい睡魔におそわれつづけているのだ。

「どっと聞いて」

さらは言葉を強くした。

「百歩ゆずって、幻聴じゃないとしても、あなたひとりが何をやらかそうとも、たかが知れたものよ。どうにもなるものじゃないわ」

「あたしが……世界的な大作家でも……」

「そう。あなたが、たとえ世界のどっとでも。あなたの荒唐無稽な話なんか、ほとんどの人が信じない。気がふれたのか……としか思われないわ。世界中のあなたのファンがあなたに失望するまでよ」

「……」

どっとは肩をおとした。姉の言い分も、もっともと思えてくる。だが、それを認めると、地球の危機に自分はなすすべなく、地球が滅びるということだ。深い恐怖が胸に迫る。すると鼓動が速まるにつれて、頭がしっかりしてきて、生気がよみがえった。

あきらめるわけにはいかない。絶対に!

「同志をあつめるのよ」

「なんですって?」

姉の声は低く冷たく聞こえた。

「世の中には、宇宙人の存在を確信してる人もいっぱいいるじゃないの。良識ある著名人だって宇宙人を信じている人もいる。宇宙人のことを研究しているえらい人さえいる。その人たちなら、あたしの話を信じ同志になってくれるはず」

「ならない、ならない」

さらは首を横にふった。

「よく聞くのよ。あなたには、七年前にも、自分を宇宙人の子供だと大騒ぎして入院した、前科があるわ。どんな人でも、あなたが狂気をぶりかえした、としか思えないはず。イカれた人間が何を言っても、誰も信じない。かりに信じる人がいたとしても、後で恥をかくことを恐れて、同志にまではならないわ」

姉の話は世間知らずなどっとにも、とどめをさされる効き目があった。

そう、あたしはイカれてるのかも。

「でも……でも、もしあたしが正気だったら」

「治療によって正気を取り戻そうとしてんのよ。この病院に入って治療されてから一週間、どう、メーテなんて一転して出てこなくなったでしょう」

そういえば！

どっとは目が覚める思いだった。メーテは実在しないのか。すべては自分の妄想なのか。地球滅亡なんて、ありえないのだ……ほっと、肩の荷が下りる思いだった。しかし、しばらくすると、そんな自分の病気には、はらわたがにえくりかえる思いになり、誰かにやつあたりしたい心情になってきた。

「たしかにあたしの幻聴かもしれないね……でもさ、お姉ちゃんは、自分の出世のためにあたしを、こんなところに入れた！」

妹の怨嗟にふるえた声に、さらは動揺しはじめた。

「それもある。お姉ちゃんにだって、夢はあるわ。でもねえ、そんなことよりも、わたしはあなたのことが心配で……」

さらの目から、涙が流れた。

どっとはドキリとして、心臓が止まるかのごとくの衝撃を受けた。姉の涙など、生まれて初めて見たからだ。

「思えば、アル中のバカオヤジから、三歳だったあなたを救い、ひきとり育ててから」

過去のことをほじくり出し、さらの目からは涙が止まらなくなっていた。

「今にいたるまで、お姉ちゃんは、あなたのキリのないおねだりをきいてあげたじゃないの。でも、お姉ちゃんはそんなこと少しも苦く思わなかった。大作家としてえた大金を世のためのことに使うあなたをほこりに思っていたからよ。

でもね。こんなにあなたに尽くしてきたお姉ちゃんの海よりも深く、山よりも大きな恩を、あなたはアダでかえそうってんの！」

ついにさらは声をあげて泣き出した。

どっとは呆然として、ものが言えなくなった。泣きつづける姉には、エリート刑事としての威厳は完全に失われて、どこにでもゴロゴロころがっている女になりさがってしまっているのだ。

「でも……でも……」

どっとは、いまの姉のざまにガッカリして、言葉が出てこなくなっていたが、しっかり者の姉の初めてみせる弱い一面になんだか、じわじわとした憤りも覚えてわめいた。

「でも、もし万一あたしが正気だったら！　地球が滅びれば、もう警察も出世もないのよ！」

「まあまあ」

とこれまで、言い争う姉妹をただ見守っているだけだった木下みどりが抗弁しようとするさらの肩をつかんで冷たく言った。

「これ以上、話をしたところで、どうどうめぐりになるまでよ」

どっとは担当医の木下みどりがいたことなど気づかなかった。

みどりはどっとを見据えた。

「これ以上、わからないこと言って、お姉さんを泣かせちゃダメよ」

「そんなきちがいを見るような目で、あたしを見ないでよ！」

どっとはヒステリックにみどりに抗議した。みどりだけではなく、姉でさえも、どっとを正気とは思っていないのだ。

どっとの心はすさんできていた。

「もし、あたしが、正気だったら！」

狂ったような大声を出し、この言葉をくりかえす。

「誰も、あなたを正気とは思ってないわ。この調子だと、いつまでもここに入院してもらうしかないわねえ」

とみどりが言い放った。

みどりの言葉に、どっとは今の自分の立場を思い知らされた。すべてはこの担当医の腹しだいなのだ。彼女の判断によっては、一生退院できないのだ。

どっとは目の前が、まっ暗になった。

悪い宇宙人

入院し、治療を受けてから二週間、メーテの声が聞こえなくなったということで、どっとは日に日におとなしくなっていった。メーテなど存在しない、と、どっとも認めはじめたからだ。木下みどりは、短期間で、だいぶ良くなったと判断し、保護室から、どっとを出してくれた。どっとは猫をかぶることにしていた。どこまでもおとなしくして、みどりや看護師に素直に従わなければ、いつまでも退院はできない。

畳がしかれてある大部屋で、ヒマをもてあましている患者たちの多くは意外にも、まともな言動を示していた。いや、ふつうの人の目からは、どこかおかしいといったボロをおりおりみせるのだが。とにかくおとなしい。

多量に投与される変なくすりのおかげだ。この人たちがくすりをいっさい飲まなかったら、大変だろう。

どっともくすりづけにされて、ねむくてねむくて仕方がなかった。七年前入院させられたときよりも、余分にくすりを飲まされている。

大部屋の奥にある五十インチのテレビはつけられていたが、そこに誰もいなかった。

テレビを見て、どっとは、これは、と思った。

映画シャッター・アイランドが放送されていた。

どっとはテレビの前に座った。

シャッター・アイランドという映画はブルーレインディスクをCD店で買って、家で何回も見たおもしろい映画だ。

おおぜいのワルのドイツ兵を並べて、数十人のアメリカ兵が小銃で、銃殺するシーン。

ワルのドイツ兵がつぎつぎと撃たれて、血しぶきをあげながら倒れていく。

男が血みどろになるシーンには、どっとはわくわくさせられて、興奮する。

「女の子のくせに流血には目がないようだね」

四十歳くらいの男が声をかけてきた。

どっとはぎょっとした。その男はいつのまにか、どっとのかたわらにいたのだ。タカのような目でどっとを見ている。

どっとは警戒心のこもった目で見返す。

しかし男はかまわず、口を開いた。

「君は人気作家の有家どっとだね。私は川口三郎。一年前にここに入れられるまでは、那覇警察署刑事課ではたらく刑事だった。そう、君のお姉さんの部下だった。こう言ったら、君は信じてくれるかな？」

「信じない、信じない」

どっとはかぶりをふった。

「じゃあ、こう言ったら、信じてくれるかな。私は有家さら警部のことをよく知ってる、といえば」

「……」

「君は刑事課ではたらくお姉さんのこと知ってるかな」

知らない。どっとは、姉が仕事をしている姿など、まったく見たことはなかった。どっとに仕事の話などほとんどしてもらったこともない。

「私は有家警部の捜査方針、信念、クセ。よく知ってるよ」

と川口三郎は話しはじめた。

さらの捜査への情熱。成功や失敗のエピソード。刑事課でのさらとの思い出を理路整然と語る川口が頭がおかしいとは、とうてい思えず、元刑事らしく、頭のキレる人間のように、どっとにはとれた。

「お姉さんに私のこと聞けばいいよ」

「木下先生に電話は禁止されてるの。姉と会うことまでもね」

どっとは警戒心をといていた。

「でもさ。どうして刑事だった、あんたがこんなところにいるの？」

「悪い宇宙人の陰謀で入院するはめになったんだよ」

しばしの沈黙がつづいた。

やがて、どっとは、はげしくかぶりをふった。

「やめてよ。宇宙人なんて、いないのよ！」

「それは君の本音じゃないね。そもそも宇宙人の存在を否定するというのは余りにも無理がありすぎる。

地球は太陽系の一部だね。その太陽系も銀河系の、ほんの一部なんだよ。銀河系は無限の広大さだ。しかしその銀河系でさえも、宇宙全体のほんの一部にしかすぎない。作家の君にも、この宇宙の無限の広大さは、想像つくかね？」

「想像を絶するよ、ほんと」

「じゃあ、宇宙の星の数は、どのくらいある？」

「それまた、想像を絶するほどの数……」

「だろう。それなのに生命体が存在するのは地球だけ——なんて無理がありすぎる見解だ」

「そうねえ」

どっとは、宇宙人の存在を否定する人間が、姉をふくめて、いかに石頭ぞろいかというのを思い知った。

川口は口調を暗くして、しゃべる。

「宇宙人はそれこそ、はいてすてるほど存在する。その宇宙人たちはみんながみんな、いい宇宙人とはかぎらない。地球が滅亡することを望んでいる悪い宇宙人もいる」

「どうして地球が滅びることを望んでるの？」

「悪い宇宙人たちはみんな、ヒマだからさ」

「そんな……」

どっとはいささか唖然とした。

川口は苦い顔をして、つづける。

「地球が滅亡するのを見物することがヒマな宇宙人たちにとっては、これ以上にないヒマつぶしなんだよ。

そのヒマつぶしのために、地球滅亡を阻止しようとする者たちの行動をあらゆる汚い手を使って、やつらは妨害しようとする」

「その妨害行為もヒマつぶしになるもんね」

と、どっとは補足した。いまや川口を信じていた。

「すると、あんたも地球滅亡を阻止しようとしてくれる良い宇宙人に扇動されて、いろいろと行動をとったわけ？」

「ああ」

川口はうなずき、ため息をついた。

「私としては隠密に、事を運ぼうとしていたつもりだったけど、やつらの妨害行為には通用せず、あれよあれよという間に、ここに入院させられるはめになった。私をきちがいと判断し、入院させた私の周囲の人々は、実は悪い宇宙人にあやつられてるんだ。みんな自分が、あやつられていることには気づいてはいないんだよ。やつらにはそんな超能力があるのさ」

どっとは眦《まなじり》を吊り上げた。

「じゃあ、お姉ちゃんや木下先生も……まさか！」

川口は大きくうなずいた。

「そう、自覚や意識はまるっきり、本人にはないが、巧妙にあやつられて、やつらの意のままさ。宇宙人の存在を信じない人間であればあるほど、やつらにあやつられやすいからね」

「そんな……」

「やつらは、良い宇宙人に扇動された私や君のような者たちが、結束しないようにさまざまな妨害手段をとってくる」

「……」

どっとは肩をすくめた。

メーテは今、悪い宇宙人たちの妨害によって、どっとの前に現われることができなくなっているのに相違ない。

「あんたも、この病院に入れられてから、良い宇宙人の声は聞けなくなったの？」

「ああ……病院なんかに入れられると、なおさら、やつらは妨害しやすくなる」

「あんたの良い宇宙人は、メーテという名？」

「いや。フランクという男性宇宙人だ」

いったい、どれだけの人数の宇宙人が地球を救うために命をかけてくれているのだろう。

良い宇宙人のほうが数が多いのか。それとも少ないのか？

「あの、川口さん」

どっとは川口をみつめて、ためらいながら、きいた。

「あんたも宇宙人の子供なの？」

「えっ？」

川口は何を言うのか、と目をむいた。

「私は地球人だよ。宇宙人の子供が、この地球にいるの？」

死ぬということ

保護室を出ることが許されて、どっとは女患者十人が、ねる部屋に入った。まくらを並べてねる患者は、その多くが昼中なのに、猫のように、ねてばかりだ。

みんな、くすりのせいで、ねむくて仕方がないのだ。

どっとも目を開けているのが、苦しいほど、ねむい。

でも、どっとは昼寝などしたくなかった。ねむっている時間は死んでるも同然だ。

それでも布団に身を横たえると、うとうとしてくる。

「あなたには、昼寝をしているヒマはありませんよ」

メーテの声がした。

はっと、どっとは目を覚ました。メーテをずっと待っていたのだ。

「どっとさん。おひさしぶりですね」

「メーテ！」

どっとは起きあがった。部屋にある窓を見据える。

「川口三郎という、元刑事の人から聞いたよ。ずーっとあんたたちは悪い宇宙人どもと戦ってくれてんのね。地球のために……」

「さようでございます。察していただけて良かった」

メーテの声に安堵の響きがあった。

「わたくしはこれまで、スパルタ星人たちの執拗で巧妙な妨害にあい、あなたのそばから、はなれざるをえませんでした。でも、やっとそんな妨害をくぐりぬけて、今あなたと話すことができているのです」

「スパルタ星人？　それがヒマつぶしに地球滅亡のさまを見物しようとしてる悪い宇宙人なの……あんたは？」

「わたくしは銀河系の一万もある星々の頂点に君臨する宇宙ボランティア連合星の女王です。川口さんを扇動していたフランクは、わたくしの部下です」

どっとは目を見張った。

一万もの星の中の女王とは……！

「そんな……神に等しい女王さまの、あんた自らが、あたしの相手をしてくれてるというの？」

「あなたは特別だからです」

「それは――あたしが宇宙人の子供だから」

どっとには見えなくとも、メーテがうなずいたのがわかった。

「その上で……」

　メーテは言い淀んだ。それでも説明する。

「あなたは生まれたときに……わたくしの部下セルスと融合して生まれた者だからです」

「はあ？」

　どっとは目を細めた。

「そんな。あたしはそのセルスという宇宙人と融合してるってんの。生まれたときから……今も⁈」

「ええ。融合しても、人格はあなたのものですが……」

「なんで、そんなセルスとあたしを同化させたのよ？」

「それは、どっとさん。あなたには……軽微な知的障害が、生まれながらにあるからです」

　すぐにどっとは飲み込んだ。知的障害がある自分が飲み込みが早いのは、セルスと融合しているから、と思えば口惜しい気持ちになるし、ショックを受けていた。

「つまり、そのセルスは、あたしのゴースト・ライターということね。これまでのあたしが創作したベストセラー小説はみんな、セルスが、あたしのなかであたしをあやつって書いたものなのね……そりゃあ、あたしもおかしいと思ったよ。知的障害のあるあたしが何で、高レベルな小説が書けるのか、と。ふーん、そういうこと……」

　メーテは、どっとの口惜しい気持ちを思いやってか、しばらく黙っていた。やがて、なだめ

るような声で、

「あなたとしては、それはおもしろくはないことでしょうが、今の地球滅亡のピンチのときがくる時期にそなえて、あなたを世界のどっとにする必要が是が非でもありました」

「世界のどっとにしても、そんなの何の役にもたたないじゃん」

どっとはすねた調子で言った。

「とんでもない。世界のどっとの肩書きは、天皇陛下にコンタクトをとれるに十分です」

「まさか」

どっとは苦笑した。

「おそれおおくも天皇陛下が国民に、作家ふぜいにいちいち会ってはくれないよ。いくら世界のどっとでもね。あれで陛下はものすごく忙しい人なんだからさ。ましてや会う理由が荒唐無稽な話のためなら、バカか、と思われるだけで、てんで相手にされない」

「いいえ。陛下はあなたの話を絶対に信じてくださります」

「信じない、信じない。ましてこんなところに入院してる、あたしなんか……」

「なら、天皇陛下も、あなたと同じく宇宙人の子供と言えば、話が早くなるかしら」

「えっ！」

どっとは仰天した。

メーテはしゃべる。

「本当です。陛下も実は宇宙人の子供なのです。そして陛下も、わたくし自らが説得をしています」

「あんたが……！」

どっとは、おどろきながらも、ふいに自分が担がれようとされているのじゃないのか、と疑う心境にもなってきた。

そんなバカな！

「じゃあ、どうして、あんたの言うことを天皇は聞かないの？」

「それが……あの方は陛下としての立場上、荒唐無稽な話を公表し、そのけっか、国民に気がふれたのか、と思われることをすごくおそれているのです」

「だから、あんたが、どう説得してもガンとして？」

「そうです。でも陛下も内心では強く協力者を求めております。その協力者にわたくしは、あなたを推せんしました。すると陛下は言われました。あなたと手を結ぶことができれば、自分も勇気をだせる、と」

天皇を同志にする。これ以上の同志はいない。天皇の言葉なら、当然どっとより、メーテたちの存在や目的を国民に思い知らせる説得力があるはずだ。

「でも……」

どっとは面をふせて、呟くように言った。

「天皇のお言葉でさえも、あたしをここから退院させることはできないよ」

「大丈夫です。わたくしの超能力で、必ず近いうちに、ここから出られるようにしてあげます」

「ほんと！」

どっとは目を輝かせた。なるほど、メーテの能力なら、この病院から出られるような魔法が使えよう。

自由の身になれるのだ。これが何よりの喜びだった。


診察室の中で、どっとは、担当医の木下みどりの前で、大きなあくびをした。気がぬけると、つねにねむいのだ。

「歯が白いわね。ちゃんと歯みがきしてるのね」

「あたりまえよ。虫歯になったら、かわいい顔がだいなしになるもん」

「でも……」

みどりはデスクのノートに、どっとの話を記録するペンをはしらせながら言う。

「臭いわよ。風呂に入ったら」

「四日前、入ったよ」

「女の子なら、毎日入りなさい」

「いやっ」

多分、くすりのせいだったのだろう。どっとはまぬけなことをしゃべってしまった。

木下みどりに元刑事という患者の川口三郎との会話の、すべてをペラペラしゃべったのである。

「私たちが悪い宇宙人にあやつられてるって」

「そ、気づいてないだろうけど」

みどりは無表情を崩すことなしに言った。

「川口三郎なんて患者は存在しないわ」

「はあ？」

「刑事は過酷な職業だから、中にはそのため精神を病む人もいるけど。この病院には、元警察官なんて患者はいないわ」

「うそっ！」

みどりの表情が少し険しくなる。

「幻覚を見はじめたようね。そろそろ、くすりの量を減らすわ」

「幻覚なんかじゃない！」

「それじゃあ」

みどりは電話を、どっとの前にさしだした。

「お姉さんに聞いてみれば。お姉さんに川口三郎という部下がいたかどうかを」

どっとはみどりに勧められたとおり、那覇警察署の刑事課に電話を入れた。

すぐにさらが出てきた。

「もしもし。お姉ちゃん」

さらはどっとの声を聞くなり、まるで十年ぶりかのごとくのなつかしそうな声をあげ、どっとをとても心配しているという話をしてきた。

どっとはそんなことにはかまわず、川口三郎について質問した。

するとさらは、川口三郎なんて人、知らないと否定するのだった。

「そんなはずはない。川口という刑事がいたはずよ……そう、いないというの！　もういいよ！」

どっとは立腹し、電話をきった。

「どう、わかった」

みどりはどっとを眺めて、いった。

どっとはかぶりをふった。

「先生、事前にお姉ちゃんと口ウラを合わせたんでしょう」

「なんで、そんなことする必要があるのよ」

「それは……！」

どっとは、みどりを見て、しまった、と思った。こんな話をしたら、みどりはどっとの病気が、また悪化しはじめたと判断する。そうなれば退院は……どっとはうろたえたが、すぐに安心する。

どの道、自分はメーテの力で、この病院を出ることができるのだ。なにもオタオタすることはない。

どっとは大胆になれる心持ちになったが、それでも、メーテの話はしないことにする。

しかしながら、

「ねえ先生、あたし宇宙人と融合してると思うの」

「えっ?」

みどりは怪訝そうに眉をひそめる。

かまわず、どっとは大胆に話す。

「あたしがこれまで書いてきた小説はみんな、融合している宇宙人が書いていたのよ。そうでなければ知的障害があるあたしが小説なんか、うみ出せるはずがない」

みどりはどっとを眺めて、言った。

「あなたには、知的障害などありません」

「なに?」

「あなたにあるのは、学習障害です。知的障害とはちがいます」

「学習障害?」

どっとには初耳だった。

「あたしには、知的障害がないって?」

「それがあったら、小説なんて書けません」

知的障害と学習障害は、勉強ができないという点では共通しているだろう。


夜、どっとは睡魔におそわれながら、布団の中で、ねむれなかった。みどりに川口三郎など存在しない、と言われ、あれから川口を捜したが見当たらなかった。看護師たちにも、そんな患者はいない、と言われた。そして患者たちも、そんな人は知らないと言っていた。

どっとは不安でねむれなかった。ひょっとしたら、すべては幻覚と幻聴なのか……。

「いいえ。そうではありません」

とメーテの声を聞けたときには、どっとは安堵に胸をなでおろした。喜喜として起きあがる。

「メーテ」

「天皇陛下と手を結ぶために、とりあえず、これから、あなたはこの病院を脱走するのです」

どっとは少しガッカリした。メーテの力をもってすれば、病院を出るのに、脱走なんて、うしろめたいマネをせずに、出られると思っていたからだ。

「この病院は、脱走なんて不可能だよ」

「いいえ。わたくしが、あのドアのカギを開けました。あのドアから出れば、あなたは自由の身です。

わたくしたちが、今後のあなたを責任を持ってバックアップしますから、人に見られないうちに、さあ」

寝床部屋の左側は、通路になっている。向こうに階段があり、その上にドアがある。

どっとは立ちあがり、メーテに勧められたとおり、階段のほうに足音をたてぬようにして、むかった。

階段を上がり、ドアを開けようとした。

ところが、カギがかかっている。どっとは思わず、うわずった声をたてる。

「なによ！　カギがかかってるじゃないの！　メーテ、あっ！」

どっとの足元にバナナの皮があった。どっとはそれにすべって、転倒し、頭を強く階段の角のところに、うった。

痛みは感じなかった。しかし意識はとおのいていく。

これが死というもの？

いやだ！　死にたくない！

「お姉ちゃん……」

どっとは目をとじた。体はうごかなくなっていく。

この世の夢

どっとは妙な快感と共に目覚めた。

頭はスッキリしている。そうか、あたしは死んだんだ。いまカンオケに入れられているのか？　何かの中に自分は入っているのだ。

どっとは今、人ひとり入れるカプセルの中にいた。

閉じられていた上のアクリルガラスがウィーンという音をたてて自動で開いた。

どっとは上体を起こした。

「ここは、どこ？」

どっとはきょろきょろした。東京ドーム五個ぶんぐらいの広場だった。その広場には、あっちにもこっちにも、無数のカプセルが、ならべられている。

「あたしは死んだんだ……すると、ここがあの世なの？」

どっとは立ちあがり、カプセルから出た。

「おはようございます。この世にようこそ」

十六、七くらいの美少女と猫のあいのこのような姿をした娘があらわれた。着物をきている。
どっとには、すぐにわかった。

「ミーシャね！　あんたは！」

「はい。ご主人さま」

ひっしとふたりは抱き合う。

「ほんと辛かった、あんたが死んで……」

どっとは言葉がつまった。涙がとまらない。

長らくの興奮がおさまると、どっとはミーシャに質問する。

「それにしても、あんたさっき、この世にようこそ、と言ったけど？」

「ここが、この世ですよ」

「ここは、あの世じゃないの？」

「いいえ……たしかにここは、人間界からは、あの世と呼ばれています。でも人間界で亡くなり、ここに来てここに住むとなれば、ここがこの世となり、人間界はあの世となるではありませんか」

「なるほど」

どっとは納得した。いたって簡単な理屈だ。

空は、カラスが集団で飛んでいた。

アホウ、アホウ、とカラスたちは鳴いていた。

カラスたちが上空からいなくなってから、ミーシャは説明する。

「人間界というのは、この世でみる夢の世界なのです」

「人間界が、この世の夢？」

どっとは、人が入っている無数のカプセルを見回す。

「あの中で、ねむって夢をみてるの？　人生とは、夢なの？」

「そうです。ここで見る、長くて百年間みる夢。ここは……この世は大変な修業の場ですから、安らぎのある夢をみるという休息が必要なのです」

「安らぎのある夢だって⁉　とんでもない。人間界が夢だとしても、多くの人が悪夢をみてるじゃないの。戦争とか、貧困や凶悪犯罪などが、つねに生じる。どれだけの人が辛い夢をみていることか」

「Eグループの人たちは、地球という星に住んでいるという夢をみる」

と赤鬼が現われて、しゃべった。

「きゃーっ！」

どっとは唐突の鬼の出現におじけづく。

「はっははは」

赤鬼は笑い声をたてた。

「地球に住む夢をみる人々は、鬼は地獄にしかいないと思うだろうが、わしは天国の鬼じゃ」

「?……」

どっとの頭は混乱する。天国の鬼？　Eグループ？

「なによ。そのEグループの人たちというのは？」

「ここでは……」

赤鬼はおだやかな表面で説明する。

「ここでは、つまりこの世は、ABCDEの五段階あってな。EはDに。DはCにと、きびしい修業をつんだ上で、進級をめざすのじゃ。そなたとそなたの両親やお姉さんたちは最下級のEグループの人間じゃよ」

「人間界や地球というのはEグループのあたしらがみる夢？」

どっとは首をひねった。

「つまり、こういうこと——地球をふくむ宇宙というのはEグループのあたしらがみる夢で、実在しないと？」

「さよう。地球に住む生命体だけは実在する。Eグループの人や動物として」

赤鬼をみつめ、どっとは声をうわずらせた。

「じゃあ、宇宙人は？」

「地球以外の生命体は、ここには、つまりこの世には皆無じゃ。したがって宇宙人など存在しない。ここが、この世のすべてじゃからな」

「じゃあ、あたしが聞いたメーテの声は、幻聴だったの」

「そう。メーテら宇宙人などいない。そもそも宇宙人が存在するのなら、地球は悪い宇宙人に侵略される。そんな夢をみることになろう」

赤鬼はミーシャを見た。

「そなたは、この子を亡くしたショックで、頭がどうかしていたのじゃ」

「そうなの……」

どっとは肩をすくめた。宇宙人の子供だとか、地球滅亡などと、大騒ぎしていた自分をふりかえると、まるっきりのバカにしか思えなくなる。

どっとは、猫と美少女のあいのこのような姿をしたミーシャを眺めて、きいた。

「あんたたち動物は？」

「わたしたちは、人のみる夢の中に生まれかわりをくりかえすだけです。きびしい修業なんて、しません」

いったいその、ここでする修業とは、どういうものか？

どっとは、それを質問することを忘れていた。

どっとが入っていたカプセルのとなりのカプセルの中では、姉がねむっていた。まちがいなく有家さらだ。

「お姉ちゃん……」

今、どっとはここに、すなわちこの世にいて、姉は人間界というあの世にいるのだ。はなればなれに……。

むしょうに姉が恋しくなってきた。

どっとは理性を失う。

「お姉ちゃん、起きて！　あたしをひとりにしないで！」

姉のカプセルをどんどんとたたく。

「むだじゃ」

赤鬼が悲鳴のような声をあげているどっとを諭す。

「この世でねむってる者を起こすことは、どうやってもできぬ」

「でもでも！」

どっとはカプセルにすがりついて泣き叫んだ。

「お姉ちゃん、起きてーっ！　あたしをひとりにするてんの！」

「やれやれ。聞きわけのない娘じゃ」

赤鬼は閉口する。

「ご主人さま。わたしがいます」

となだめるようにミーシャが言った。

「あっあああーん！」

どっとはベチョベチョの顔を、ミーシャの胸におしつけた。

「おお、よしよし」

ミーシャはどっとを抱き、その背中をさする。

「まあ、そのうちおちつくだろう。わしは天国に帰る。ミーシャ。そなたは、この娘を案内してやってくれ」

赤鬼はそう言った後、瞬時、姿を消した。

「消えた……？」

すごいものを見たようで、驚き、そのためどっとは我にかえりはじめる。ミーシャをはなした。

「瞬間移動能力です」

ミーシャは説明する。

「Eグループの人々には、まだ無理ですが。きびしい修業をつんで、Dグループ以上に進級した人なら、誰だって、この程度の超能力はそなわります」

「いったい、ここでの、この世のきびしい修業って、どんなことするの？」

「……」

どっとの質問に、ミーシャは答えるのをためらう様子を見せた。

「それは、いずれ、わかります」

「……」

どっとは本能的に今すぐには知らないほうがいいと思えた。

どっとは気をそらし、自分がねていたカプセルの他にフタが開いているカプセルを見つけた。

「これは？」

そこに近づく。そのカプセルにも人はいない。

カラのカプセルには、北島明という名前が書かれている。

「北島明というのは、あたしの父の名よ」

「ご主人さまのお父さまは、二年前夢から、覚めました」

「えっ？　じゃあ二年前に死んだの……」

姉に引き取られた三歳のときから、どっとは父親とは、ただの一度も会ったことはなかった。

父のことなど、どっとはすっかり忘れていたのだが、好奇心から、父に会ってみたい、と思った。

「おやじは……いや父は今、どうしてるの？」

「天国でも地獄でもない、酒盛りの地におられます」

「……」

どっとは、意外性のないミーシャの答えに眉をひそめた。

「この世は、自由意志尊重の世です。お父さまは目覚めてから、そこに行くことを選択されました」

「父に会える？」

「はい。ここから、千キロほどありますが」

ミーシャはどっとの手を強くにぎった。

「あんたも、瞬間移動ができるの」

「はい。では、行きますよ」

ミーシャの瞬間移動能力によって、千キロもはなれていた酒盛りの地に、ふたりは瞬時、到着した。

「臭い」

どっとは着くなり、鼻をつまんだ。

密林の場所だった。酒の臭いが猛烈である。

酔っぱらっているらしいおおぜいの男女が歌っている。

酒が飲める
酒が飲める
酒が飲めるぞ
酒が飲める、飲めるぞ

酒が飲めるぞ
「うるさいねえ」

どっとは耳をふさぎたくなった。

ふたりが林をぬけると、何もない広場で、ただただ酒を飲みまくり、バカ騒ぎをしている、おおぜいの男女の姿があった。

何匹ものサルが、酒をトレイに載せて運んでいた。

酔った、いきおいで、抱き合う男女。はだかおどりをする女。わけもなくゲラゲラ笑う男。メスのサルに抱きつく男。オスのサルを犬のようにベロンベロンなめる女。女の股をくぐる男。

醜態をさらす男女の顔は例外なしに醜かった。

ミーシャがトレイを持つサルを呼び止めた。

サルに耳うちをすると、

「かしこまりました」

とサルはしゃべった。

しゃべるだけではなく、サルは瞬間移動もできた。

ぱっと消えて、ぱっと現われ、どっとの父親の北島明をつれてきた。

ダンゴ鼻をまっ赤にした父は、腐った魚のような目をしていた。その目が異様に輝く。

「おお！　わりゃあ、そうだ！　あの……寝ションベンタレの、どっとかあ！」

寝ションベンタレと言われて、どっとの顔は赤くなる。

「おやじ、あたしがわかるの？」

「ひと目でわかるとも、親だからな」

父は父なりに二十数年ぶりの父娘再会に感激しているという様子をみせていた。

「うーむ。お前も死んだか……目覚めたか……」

と、ぶつぶつ言って、父はいかつい顔をしかめ、どっとを睨んだ。

「二十数年前の家庭裁判所で、お前は、おれを裏切り、さらを選んだ。親より姉のほうがいいのか！

親を裏切る罪は、大罪だぞ！」

「なんだとう！」

どっとは、わずか三歳だった幼少時代の私怨や不満がよみがえり、怒鳴った。

「この親失格者が、よくもそんなこと言えたものねえ！

誰だって、アル中のバカオヤジより、まともな肉親と暮らしたいと思うよ！　三歳でも何歳でも！」

「それが、子が親に対して言う言葉か！　この親不孝者め！」

父は目を充血させて、こんな醜い顔が他にありえるか、といえるまでの形相になり、わめいた。

「おれがアル中になったのは、おれとお前をすてて、ロクデナシ男と駆け落ちした、かあさんのせいだ！」

父娘は大音声をあげ、言い争い、しまいには、つかみあいの大ゲンカをしはじめた。

「まあまあ」

ミーシャが仲裁に入る。

「おふたりとも冷静に」

「ミーシャ」

つかみあうどっとと父をひきのけるミーシャの腕の力が怪力といえるまでのものだったので、どっとは驚いた。

父は、ミーシャのパワーに尻込みし、おとなしくなった。聞きとれない小声でブツブツ言っていたが、やがて、

「ふん。親の愛が、いかに無限のものか、お前は知らんのか。親の愛が、ゴジラの大きさなのに比べると、姉の愛なんぞ、アリの小ささよ。お前はアリに育てられたんだ」

「……」

「アリに育てられるより、ゴジラに育てられるほうが絶対にいいのにきまっとる」

「何をわけのわからないことを」

「げんにお前は、姉に――さらに裏切られたじゃないか！」

父は意地の悪いうすら笑いをうかべる。

「さらは、仕事とお前をてんびんにかけて、仕事を選んで、頭のイカれたお前を病院に入院させた。厄介払いにな」

「……」

どっとは肩をすくめた。

「どうしてそんなこと、あんたが知ってんのよ？」

「親だからな。娘のことは、こんなところにいても、いつも見守っている」

「ヒマつぶしに見物してるだけでしょ」

「なにおう！」

「まあまあ」

ふたたび、つかみあいのケンカをはじめようとする父娘の間にミーシャが入り、どっとの手をにぎった。

「ご主人さま、もう帰りましょう」

どっととミーシャは瞬間移動で、酒盛りの地から、消えた。

真実の愛よりも

「ねえ、ミーシャ。あそこが酒盛りの地なら、ここは何の地なの？」

無数のカプセルがある所にもどってから、どっとはきいた。

「ここは、この世の休息の地です」

どっとはミーシャから目線をはずした。

この世の夢は、とても休らぎのある夢とは、いいがたいが、まあ、ねむるということは、休むということだ。

どっとは黙り込んだ。そうとう父の言ったことを気にやんでいるのだった。

「ご主人さま。あんな人の言ったことなど、そう気になさらないで」

「気になるよ」

どっとは、すっかり、すねて、ひがんでいた。

「あたしはお姉ちゃんに厄介払いされたのよ。ひょっとしたら、お姉ちゃんの愛情なんて、アリのように小さなものだったのかも……そうよ。きっとお姉ちゃんの都合によっては、あたしなんかどうでもいいのよ」

　バシンッ！

ミーシャのビンタが、どっとのピンク色の頬に炸裂した。

「きゃっ！　痛い」

どっとは恐怖に満ちた表情でミーシャを見た。

彼女は生まれてこのかた誰からも、ぶたれたことはなかった。まさか、飼い猫のミーシャにぶたれるとは思ってもみなかった。

飼い主をぶったミーシャは目を吊り上げ、低い声で言った。

「あなたは、お姉さんに、あんなに溺愛されて育ちながら、それでも、お姉さんの真心がわからないというのですか」

「……わからないわけじゃないけど」

「これを、ご覧になりなさい」

ミーシャが右腕を上げると、二人の目の前では、この世の夢……すなわち人間界の様子が見ることができた。

どっとが住んでいた沖縄の那覇市の町並が一望できる。

総合病院が見えた。個室の一〇三号室の中の様子が見れた。

白いベッドにねていて、ボンベを口にあてられている瀕死のどっとの姿が見えてきた。

「あれは、あたし。するとあたしはまだ、あの世……人間界で息があるの？」

「そうです。九十パーセントは、あなたはこの世の人ですが、まだわずかに人間界という夢にあなたはいます。人間界においてのあなたの命は、今夜が峠だとされています」

「……」

どっとは見た！

ベッドで死にかけのどっとをイスに座って、何ともいえぬ表情でみつめている姉のさらを……。

さらのそばには、さらの夫の政彦が佇んでいる。

政彦の顔も蒼白だった。ふたりとも睡眠不足でやつれていた。

ふたりを見ていると、どっとの胸はしめつけられる。自分の親がわりのふたりは、こんなにも自分を心配してくれているのだ。

「なんで、こんなことになったの」

というさらの落胆しきった声を、どっとは聞いた。

「あの家庭裁判所で、わたしは誓ったのよ。わたしは生涯、命をかけて、この子を保護する……と、たしかにもう誓ったわ」

「それは、ぼくとて同じだよ」

と政彦が、さらの肩に手をおき言い切った。

「でも」

さらはかぶりをふった。

「わたしは誓いをやぶったの……警察とこの子をてんびんにかけて、警察を選んだ。その結果、こんなことに……わたしが、この子の母親なら、てんびんにかけるまでもないはずなのに！」

「ぼくが悪かったんだ」

と言って政彦は悔いて泣いていた。

どっとは本当にふたりのいる夢の人間界にもどりたくなった。

さらは手を合わせていた。

そのとき、どっとはさらの心の中の必死の祈りを聞いた。

——神さま……どうか妹のどっとを助けてください。わたしの命と、とりかえてもいいんです。どうかお願いします——

「お姉ちゃん」

どっとは、さらの真実の愛を思い知り、感動の涙を流した。こんな気持ちは生まれて初めてだった。

その気持ちは、やがて、穴があったら入りたいという自分を恥ずかしく思う気持ちにかわっていく。

どっとはこれまで、親がわりのさらと政彦に何でも与えられていたばかりだった。いつのまにか、それが当たり前のように思えて、ありがたいとは思えなくなっていたのだ。

過度に甘やかされつづけられると根性がひねくれるといわれているが、どっともひねくれた一面がある大人になってしまっていた。だから父にあんなこと言われたくらいで、姉の愛情をうたぐったりしたのである。

どっとは跪き、泣くのを忘れて沈黙した。

ミーシャはどっとの肩に手をおき、どっとの気持ちを察する。

「人間界に、おふたりのところに帰りたいんですね。心から」

「……帰れるの……夢の世界の人間界に、あの世に……」

「ご主人さまが、帰ることを強く望めば……あの世のご主人さまは、助かります」

どっとは立ち上がった。切ない想いだ。

「あたしの気持ちしだいなの？」

「そうです。すべては」

「そうなの」

どっとは人間界に戻りたいという思いを、もっともっと強く持とうとした。

ミーシャは説明しはじめた。

「さきほど、酒盛りの地に行く前に申したように、この世は、本人の自由意志尊重の世界です。どこに行くかは、本人の希望できまります。天国行きか、地獄行きか、も、誰でも自由に選択できます」

「なんだって⁉」

どっとは目を吊り上げて、ミーシャをみつめた。

「それじゃあ、善人も悪人も例外なしに誰だって、天国行きを選択するじゃないの。誰でも天国に行けるってんの？」

「ところが、地獄行きを希望する人も少なくはないのです」

「そんな……」

どっとはわけがわからなかった。

「天国も地獄も、どちらも修業の場所です。天国も地獄も拒否して、酒盛りの地に住むことを選んだあなたのお父さまたちも、いつかは天国か地獄かに住む気持ちになるのです」

ミーシャは真剣な表情で、どっとをみつめた。

「ご主人さまは、天国と地獄のどちらを希望しますか？」

「もちろん天国よ」

もし、この世の夢である人間界にもどれず、ここに、この世に住むことになれば、天国しか選択の余地などありえない。しかし、この世の天国や地獄は、人間界で想像されている天国や地獄とは、まるっきりちがう世界ではないのか？

「では、ご主人さま。天国に行き、そこに住む人々に会ってみますか？」

「いまから……」

このときどっとは、天国なのに、そこに行ってみることが何だか恐ろしかった。それでも好奇心が抵抗感を圧する。

「うん。行ってみる」

「じゃあ」

ミーシャはどっとの手をにぎった。

瞬間移動で、二人は天国の地に入った。

「まあ、ステキ」

花があふれる植物公園が美しい。可憐な蝶が集団で飛んでいた。湖があり、富士山のような山が見えた。

荘厳な自然の光景に、どっとの心はなごまされ、あたたかい気持ちになる。

「ご主人さま、緊張はとけましたか？」

そうだ。どっとは緊張していたのだ。本能的にこの世の天国は、やさしい場所ではない、と思っていたのである。

しかし、この何ともいえないあたたかい雰囲気は、どうたとえればいいものか……人間界では、ありえないあたたかさだ。

どっとは心底、うきうきしてくる。はや頭から、姉のことすら消えて、ここに住みたいと思いはじめていた。

何十人もの男女が、どっととミーシャを出迎えによってきた。

誰もが品格の高そうな美男美女だった。

「天国へようこそ。ぼくは西本です」

と西本はニコニコと手をさしのべた。どっとはどきどきした。こんな笑顔をする人、はじめて会った。

「あ……あたしは、どっとです。有家どっと……」

握手をしたどっとの身はしびれにふるえていた。

何て、あたたかい手なんだろう。

とまどう。西本たちのあたたかさに。

どっとは瞬時、初対面にもかかわらず、やさしい笑顔で自分を出迎え、歓迎してくれる何十人もの男女のみんなに、ひとめぼれの感情を覚えていた。

それは彼らが、どっとを深すぎる愛情でつつみこんでくれたからだ。みんなに心底から愛されているということが、本能的にハッキリとわかった。

どっとは信じがたいまでの幸福感にのめりこんでいっていた。

人間界での姉の真実の愛を、どっとは知ったものの、それでも、ここにいる人たちの愛の深さは、人間界の真実の愛をもかすませる。

この想像を絶する天国の無限の愛は、夢の世界である人間界では絶対にありえないのだ。どっとのなかから、人間界への未練はどんどん消えていく。

なんで？

天国の人々には欲望というものが、カケラもない。

天国での修業が他者への無限の愛を深めることになり、誰もが聖者となれる。

聖者たちに愛される幸福は永遠《とわ》につづくのだ。それというのも人間界とちがい、この世では、死というものがない。どっとは、わくわくしていた。

そんな幸福な日々が一週間すぎて、ミーシャが様子見に、どっとの前に現われた。

うかぬ表情をしていた。

「あっ、ミーシャ。こんにちは」

「……」

「どうしたの？」

「はあ。ご主人さまのそんな笑顔は初めて見ました」

やぶからぼうに何を言うのか、と、どっとは思った。

「当然じゃないの。人間界では誰もあじわえないこの幸福……ただ」

どっとは首をひねって疑問を口にする。

「天国の人たちのだいたいはDグループ以上の人たちよ。Eグループの人は、あまり見あたらないのは、なぜ?」

「Eグループの人たちのほとんどは、地獄行きを希望するからです」

ミーシャの回答に、どっとはびっくり仰天した。

「なんで?」

ミーシャはこの問いには応じず、

「ご主人さまが、あの世……人間界で亡くなると、お姉さまたちが、どんなに悲しむか」

「あれ? あたし、まだ死んでないの。それはおかしいよ」

「この世での一週間は、人間界では、一分なのです」

自分の心の奥底では、まだ人間界への未練が残っているのかもしれない。とりわけ姉とのキズナは切っても切れないものだ。しかしどっとは今となっては、そんな未練が腹立たしかった。

「あたしはもどらないよ。永久にここにいる。このあたしの希望に、あんたなにか、不満でもあるの!?」

怒りはじめたどっとにミーシャは気弱い表情を見せた。

「いえ。ただお姉さんたちが悲しむことが……」

「それは……」

ミーシャはどっとを本当に心配そうにみつめると、

「それより何より、Ｅグループのご主人さまには、まだまだ、この天国生活は荷が重すぎますから」

「なんで？」

「それは、風呂に入ることが、荷が重いんじゃないのか、ということです」

近くにいた西本が、どっとにそう言った。西本は緊張した表情をしていた。

初めてみる西本のそんな表情に、どっとは不安を覚えた。

「風呂？　この世では汚れることないんだから、風呂に入る必要ないじゃん」

「いや。一週間に一回は、身も心も清めなければならないのです」

「一週間！　じゃあ、これから」

「はい」

「……」

不安をつのらせだしたどっとをミーシャが指でつついた。

「ご主人さま、修業のことですよ」

「お風呂が、修業？」

どっとの頭は、やや混乱した。が、すぐに天国の笑みを西本に見せて、

「あんたたちと一緒なら、どんな修業も、あたしは平気だよ」

「ほんとですか」

西本はそれならこの上なく喜ばしいという顔をした。

いつのまにやら、あたりに人々がいた。みんな満面の笑みで、

「そうですか。がんばってくれますか」

「えらいわ。Ｅグループの人にはめったにいない」

「みあげたものだ」

「りっぱなＥの人だわ、どっとちゃん」

天国の人々は皆、どっとを称賛する。

ほめ殺しにされると、不安はすっかり消え、わくわくしてくる。どっとはきわめて自然に天国の人たちを心から愛しているのだ。この人たちとなら、何の心配もない。

西本は気をひきしめるような顔をして言った。

「では、これから風呂に入りに行きましょう」

こうして、どっとは、ミーシャが心配そうに見送るのを後にして、天国の人々と風呂に行ったのである。

なんで？

どっとは今、人間界の病院の個室一〇三号室のベッドで、目を覚ましつつある自分に気づい

て、不審きわまりなく思った。この世……いや人間界からは、あの世になるのだが、そこの天国に未練が、たとえようもなくありながら、なんで人間界にもどろうとしているのか？

西本たちと風呂へむかった。しかしながら、そこからの記憶は、完全に消えた。

ミーシャは、人間界にもどりたい、と、どっとが心底から望めばもどれる、と、たしかにそう言った。

でも、どっとはあの人間界ではありえないほどの愛に満ちた天国生活を一週間もすごせば、もう人間界には心底からもどりたくはないと思っていたのに。それが、もどりたいと望む気持ちにがらりと変わったというのか……。

これが、なんで？

という腑に落ちない疑問になる。

きっと、とんでもないものを見たからだ！

いったい何を見たというのだ⁈

記憶がまるっきりない。それは自分が、修業がどんなものだったのかを見たが、その記憶を恐れから、しめ出したからにちがいない。

なんで？

釈然としないまま、どっとは一〇三号室で息をふきかえした。

さらも政彦も当然大喜びである。

どっとは泣いて喜ぶふたりを見ているうちに、ひょっとしたら、何のこともなしにこれまでのことはすべて夢にすぎないのかも、と思った。

いや、とすぐに打ち消す。

あんなリアルな夢などあるはずがない。

気になる

二週間して、回復したどっとは総合病院から、バンテリン精神病院へもどされた。どっとの病気も治ってきた、と診断されて、くすりの量もへらされた。

「幻覚も幻聴も、ぜんぜんなしね」

診察室で木下みどりはニッコリ笑いながら言った。

「宇宙人なんか存在しない」

と、どっとは言った。

「悩みごとは？」

「もう、ない」

どっとはウソをついた。あの世にいたとき、天国で何を見たのかが、延々と気になる。しかしこのことを、みどりにしゃべると、また新たな妄想を、と診断されて、退院ができなくなるので、口を閉ざす。

「よかったねえ。もう保護者にいつでも会っていいわ」

「ほんと」

どっとは相好を崩した。

「お姉さん、あすの昼ごろ来てくれるそうよ。ペットのブルドッグをつれて」

「ブルドッグまで」

「今回だけ、特別よ」

「先生、ありがとう」

どっとはみどりに抱きついた。


病院の庭で、ブルドッグをつれたさらと会った。

ブルドッグが一目散にどっとに駆け寄ってくる。かがんだどっとの顔をクンクン、はあはあとベロンベロンなめる。

「ブル。あたしの顔を覚えてんの」

「猫とちがい、犬は飼い主の顔は忘れないわ」

と、すぐ近くに来て、さらが言った。

どっとは、はあはあ舌を出す、ブルドッグを抱きしめた。

「大きくなったねえ」

「もう三十五キロはあるわ。それにねえ、いろいろな芸をしこんだのよ。ブル、おすわり」

ブルドッグはおすわりをした。

どっとが、お手と言えば、お手をし、おかわりもする。チンチンも、おまわりもした。

「いい子ねえ」

さらがポケットから、ほうびの犬用のビスケットを出し、ブルドッグに与える。

うれしそうにビスケットを食べるブルドッグが、ブサイクなんだけど、どっとには、めちゃくちゃかわいく思えた。

「帰りたい」

どっとは泣きながら、思っていることを言った。

「早く家に帰りたい」

さらは妹の涙には弱い。妹を温かく抱きしめた。

「大丈夫よ。お姉ちゃんは、あなたの心からの願いは何でも叶えるわ。木下先生とお姉ちゃんは親友よ。すぐにもここから退院できるように、かけあうから」

どっとが死にかけたことにより、さらの猫可愛がりはなおさらの程度になっていたのであった。

女子の寝床部屋で、どっとは姉に買ってもらったケーキを食べながら、物思いにふけっていた。

あの世では一週間に一回は身も心も清める風呂へ入らねばならない、と西本はそう言った。ミーシャはそれを天国の修業と言った。そしてその修業がどんなものかをどっとは見たのだ。その記憶をしめ出して、人間界に戻った。戻ることを自分は選択したのだ。

それは修業の辛さに音を上げたからに相違ない。

――いったい、どんな修業だったのか?!

気になる。

どっとはモンブランを食べ終えて、いちごショートを食べる。いちごショートは中にいちごが入っていなければいいのに、と思う。ケーキといちごが合うとは、てんで思えない。

十六か十七の少女が、ケーキを食べつづけるどっとをみつめていた。

はなという女の子で、完全なる知恵遅れの患者だ。精神年齢は四歳にすぎない。

「はなにも、ちょうだい」

と、ケーキをねだる。

どっとは六つもケーキを食べて、すでにまんぷく。ケーキはまだ五つもあった。

でも、意地悪にも、

「いやよ。あげない」

とキッパリ断る。

「わああーん！」

はなは大声で泣き出した。

「どっとのケチーッ！」

病院中つつぬけの泣き声に、どっともたまらず、

「わかった、わかった。あげるわよ。ほらほらチョコレートケーキ、あげるから、泣くのはやめて」

「チーズケーキもちょうだい」

「そ、それは……」

チーズケーキはどっとの大好物だ。ふたつあれば、ひとつ目は、最初に食べ、ふたつ目は最後にとっておく。やりたくない。

だが、はながまた泣き出す素振りを見せだしたので、

「いいよ。あげるよ」

「わあ、ありがとう」

とびっきりの笑顔で与えられたケーキを食べるはなを見ていると、与えることも悪い気分ではない。

どっとは思った。自分の幼少時代は、このはなのような調子だったのだろう、と。

退院後もやはり気になる

さらが、どっとの見舞いに来てから、わずか一カ月で、どっとの退院が決った。あまりに早い退院に、どっとの担当医の木下みどりが、さらからワイロを受け取った、というウワサが流れた。

保護観察ということで、どっとはしばらくは、姉の家に住むことになった。

さらも政彦も仕事で、夜までいないので、昼間はどっとは、ひとりだった。

東京の出版社から電話がかかる。

チワワ犬を亡くしたという編集者がしゃべる。

「先生が入院していた間、世界中のファンが先生を心配し、わが社に電話や手紙が殺到。われわれはてんてこまいでしたよ」

こう言われると、どっとも悪い気はしない。もっとも、テレビやマスコミで、どっとの入院は、さんざんとりあげられていたから、予想できたが。

「五万と送られてきた手紙には困ったものです。先生の家に送りましょうか」

「それは、かんべんして」

「じゃあ、どうしましょう。手にあまる手紙の山は?」

「すてれば」

「まあ、すでに七十パーセントは処分しましたが」

「そう」

「先生、さっそくですが『ブタがせめてくる』を至急しあげてください」

この催促にどっとは、ため息をついた。いろいろなことがありすぎて、もうすっかり忘れていたのだ。

「無理よ。今のあたしでは……」

「そんな弱気の虫を出さないで、お願いしますよ」

「ブタがせめてくるは後回しにする」

どっとはキッパリと言った。

「そんな」

「もう忘れてしまったのよ。だから新作にとりかかるよ」

「なんですか、その新作は?」

「タイトルはまだ決まってない。さしあたって、この作品のために旅に出ようと思うの」

「旅?」

「取材よ。二、三日留守にする」

「そんな困りますよ」

編集者には小説のための取材と言ったが、それはウソであった。どっとが今、延々と気にやんでいることのためだった。

どっとが、一人旅に出るというのを、さらは心配した。

「お姉ちゃん。あたしはもう大人よ。何がそんなに心配なの？」

「今まで、一人旅なんて、あなたしたことないでしょう」

さらは死ぬほど心配でたまらないという様子だ。そのあげくバカなことを口走る。

「お姉ちゃんも、ついて行くわ」

「お姉ちゃんたら」

どっとは肩をすくめた。

「署長が、こんなことで欠勤するわけにはいかないじゃん。本当に大丈夫だって」

「どっと……」

クンクンとブルドッグが姉妹を心配して出てきた。

どっとは犬の頭をなでて、

「じゃあ、行ってきます」

と言って、家を出た。

実のところ、どっとは生まれてこのかた、沖縄を出たことは一度もなかった。どっとは悩み事を抱えながら、何だかわくわくしてくる。

初めて飛行機に乗り、岡山県のある田舎町に出向いた。

高齢者が大半の活気のない町だった。

どっとの取材の相手、黒田五郎は、そんな町で駄菓子屋をしていた。

黒田五郎は初老のおだやかな男性だった。若いころは山伏をやっていたという。

「有家どっとさんだね。大作家の。沖縄からはるばる、私なんぞに会いに来てくれるとは」

ちゃぶ台に紅茶とケーキをおきながら、黒田は、どっとに笑いかけた。

どっとはしゃべった。

「黒田さんのことはインターネットで知ったんです」

「ネットで」

「はい。著書の『天国と地獄』も拝見しました」

どっとは事前に岡山市の図書館で読んできていた。

「なあに、自費出版じゃよ。まるっきり売れないし、誰も信じない。当然だろう。この世があの世でみる夢の世界だなんてね」

黒田は高笑いした。

どっとは真剣な表情で黒田をみつめて、

「あたしは信じます。本気で……」

と強い口調でそう言い切ってから、自分の体験を熱をこめて話した。

黒田はどっとが自分の賛同者であることに、気を良くした面持ちをみせた。

「どっとさん。あんたは、その自分の体験は絶対に夢なんかじゃない、と確信してるのかね」

「もちろん」

どっとはケーキを食べ終わった。こんな話をしているときにも、ケーキを食べたいという本能をおさえられない自分が意地汚く思えた。

「それで、私のところに来た目的は？」

「知りたくてどうしようもないんです。あたしが自分で、しめ出した天国の修業とやらの記憶を。黒田さんは知ってるんでしょう」

黒田はかぶりをふった。

「いや。実は私も、あんたと同じような体験をしたが、あんたと同様、私もその記憶は、しめ出してしまったよ」

「はあ」

どっとは肩をおとした。まあ、黒田の『天国と地獄』を読んで、黒田が記憶を自分の中で処理しきれずにしめ出したからこそ、あの本に天国の修業のことは書かれていないのだろう、との見当はつけていたから、落胆はしなかった。

「やはり、そうでしたか。あたしは是が非でも知りたいことなんですが」

にこやかだった黒田の表情がくもった。

「あんたは、そんなに知りたいのかね」

「ええ」

「うーむ」

黒田はどっとのために深く考え込んだ。

「私としては、知らないほうがいいと思うよ。むしろ知ることによって、後悔するかもしれん
……しかし」

「しかし」

どっとはせかすようにうながす。

「あんたが、そんなに知りたいというのなら、ミイラという女性に会うといい」

「ミイラ？」

「もちろん、それは本名じゃないし、百歳のおばあさんだが……その人は、ふしぎな能力を持っていてね」

「その人に会えば……どこにいるんですか、その人は？」

黒田五郎に教えてもらった、ミイラという高齢者のいる場所というのが、人里から、とおくはなれた山の奥深いところだった。

「何だか、気味悪い」

と、どっとは呟いた。

どこに行っても人や動物の姿は見当たらない。

あたりまえのことだが、沖縄とちがって、さむい。

黒田は、地図を書いてくれていた。

「たしか、ここらあたり……あれだ！」

そこには、ブタ小屋のような家があった。

鬼の子

荒野の中の不気味なオンボロの家……まるで小さなブタ小屋だった。

玄関のドアは半ば開いている。

どっとはその汚いドアをとんとんたたいた。

「もしもし……有家どっとと申します。お願いがあって来ました」

「入るがよい」

すぐにしわがれた声がおうじる。

「すみません」

と、どっとはドアを開けたとたん、

「ぎゃーっ!」

と悲鳴をあげてしまった。

たくさんのコウモリが、バサバサと飛び出してきたのだ。

そして、ひどく臭い。

コウモリだけではなく、ネズミやゴキブリもたくさんいて、糞の臭いと死骸の臭いがまじり、たまらない悪臭となっている。

どっとは気持ちが悪くなってきた。

部屋の奥に、物乞いそのもののなりをした老女がむしろの上に座っていた。黒田は百歳と言ったが、その老女は百五十歳にはなっているように見えた。骨と皮で頭に髪はなく、こうなると性別などわからない。ただ目だけはギラギラしている。

誰もが逃げ出したくなるだろう。どっとは目的のために逃げるわけにはいかない。

「あんたがミイラさん?」

「さよう」

ミイラは、どっとをするどく見た。

「道術を学ぶこと五十年。いまや十年間、水を飲まずとも、生命はおとろえん」

「そんな……」

しかしどっとはミイラの言っていることを信じた。十年間もいっさい飲食せず、元気そのものなど、もはや人間のカテゴリーに入れがたいが、世の中にはビックリ人間がいるものなのだ。

「して、わしに願い事とは?」

「はい」

どっとは顔をしかめながら、コウモリやネズミの死骸を踏まぬようにして、ミイラに近づいた。

「おっと。すまぬ」

と、ミイラは、汚い床に座るのをためらう様子をみせたどっとに、意外にもきれいな座布団をさし出した。

「ありがとうございます」

どっとはその上に座った。

「それと……わしは平気じゃが、おぬしは、さむかろう」

とミイラは暖炉に火をつけて、部屋をあたためる。

不気味だが、親切な人物であることに、どっとは安堵した。

むしろの上に座りなおしたミイラにどっとはわけをぜんぶ話した。

「うーむ」

ミイラはうめいた。

「知らぬほうがいいと思うがな。むしろ知ることによって、おぬしは後悔すると思えるがのう」

「そんな黒田さんと同じこと言わないでくださいよ。あたしは知りたいの。自分のなかから、しめ出したその記憶を！」

どっとは叫ぶように言っていた。

「そうか。やむをえん」

と言って、ミイラはため息をついた。

「おぬしが自分の中で処理しきれずにしめ出した、その記憶。わしの能力で、よみがえらせてやろう」

「……」

どっとは微妙な表情になった。怖いのは当然だ。しかし自分の気持ちにケリをつけなければならない。勇気を強く持った。

「おねがいします」

「うむ」

ミイラはおもむろに立ち上がり、杖をにぎった。

そんなボウで何をするのか、と思っているどっとにミイラは、命じた。

「目をとじるがよい」

「あ、はい」

どっとは目をとじた。

ミイラは、緊張にかたくなっているどっとの肩を杖でたたいた。

「いてぇ」

痛みを感じると、どっとの全身はしびれてきた。やがて意識がもうろうとしてくる。

どっとは記憶をよみがえらせた。

あのとき……天国のある場所のリーダーの西本は言った。

「一週間に一回は身も心も清めるための風呂に入らねばなりません」

ミーシャはそれが、天国の修業だ、と教えてくれた。

どっとは西本ら何十名もの聖者たちの愛につつまれて、この人たちといっしょなら、どんな修業にも堪えられる、と修業に行こうとする西本たちについて行ったのだ。

笑うかどに福きたるということわざどおり、いつもはつねに他者をなごませ、楽しい気持ちにしてくれる陽気な聖者であった西本たちが、修業の場所に近づくにつれて、緊迫感をただよわせ、誰もが無口になっていった。

花やみどりの美しい自然の光景がたえなかった天国が一転、荒野の広がる場所になってきていた。

大きな広場が見えてくる。

すると先頭を歩いていた西本が、どっとをふくむ何十人ものほうへ向き直り、口を開いた。

「つきましたよ。風呂が見えてきました。みなさん、覚悟はできていますか？」

——何の覚悟なの?!

どっとは知らないが、他の人々は、

「はい。一週間に一度の覚悟。がんばりましょう」

などと言い合い、はげまし合いはじめた。

どっとはぞわぞわとした不安を覚えていた。天国の修業はどんなに辛いものなのだろうか。もっともラクな修業などありえないけど……。

やがて広場のほうから、八人の赤鬼がやってきた。

八人の赤鬼は、鬼の形相とは、ほどとおい、にこにこしたおだやかな顔をしていた。

「みなのもの。天国の風呂に入る心の準備はできているか？」

と一人の赤鬼が大きな声で言った。

西本たちは、

「はい。よろしくおねがいします」

「今日もがんばります」

「えんりょなく、責めてください」

などと応じた。

もはや誰もひるんではいなかった。どっとをのぞいては……。

どっとは西本たちから、ものすごい気合いや闘志がひしひしとつたわってくるのを感じていた。

どっとの不安はつのるいっぽうだった。しかしその反面、好奇心が強くわいてきてもいた。

恐怖心と好奇心は相反しないものだ。

「うむ」

ひとりの赤鬼がどっとに気づき、近くにきた。じろじろ見る。

「なによ？」

「そなたは、猫のミーシャといた、どっとじゃないか」

「あんたは？」

「わしじゃよ。休息の地で会ったろ」

「ああ、あのときの」

鬼の顔など、みんな同じに見えるが、よく見ると、あのときの赤鬼だ。

「Eグループのそなたが、天国の修業にいどむというのか。はっははは」

と赤鬼は一笑してから、まじめな顔になり、

「いや、失礼……。自己紹介がまだじゃったな。わしの名は、イエスじゃ」

「えっ?!」

どっとはいささか唖然とした。イエスとは、赤鬼にはあまりにも不似合いな名前だったからだ。

ただ赤鬼たちはみな、オーラから、やたら大きく見える。

「腰をぬかさんように、がんばれよ」

とイエス赤鬼は、どっとをはげました。

「そうです。どっとちゃん、がんばりましょう」

西本も、どっとの肩をつかんで、はげます。

何十名もの人々も、あたたかくどっとをはげました。

どっとはあらためて人間界ではありえないほどの愛情につつまれた気持ちになり、うれしさに笑顔をみせた。

それでもどっとの気の重さはかわらない。

さらの顔がうかんできた。姉が恋しくなる。

——なに弱気の虫なんか出してんのよ！

どっとは、気合いを入れた。この天国の聖者たちの愛情こそが、いちばんだ。

天国に比べれば、あの世の人間界など、地獄のようなところではないか……。西本たちにどこまでもつき合う、絶対に！

どっとは必死の覚悟をきめて、八人の赤鬼や西本たちについて行き、天国の修業の広場にたどりついた。

すぐさま想像を絶する光景を見た。どっとはあらんかぎりの悲鳴をあげた。

「きゃあああああーっ?!」

「うぎゃあああああああああ！」

「ひいいいひいいいいい！」

「あああーぎゃあーっ！」

「うががががががーがあ！」

天国の修業の広場は灼熱地獄で繰り広げられる阿鼻叫喚だった。

炎や煙ばかりが描かれている地獄絵図なのだ。

天国の人々は、赤鬼たちに責められていた。ありとあらゆる言語に絶する苦痛のすべてが与えられていた。

ある者たちは、赤鬼に鋸で切りきざまれ、ある者たちは釜ゆでにされていた。

「ここが天国……！」

どっとは開いた口がふさがりようもなかった。あまりの地獄を前に実感なんてなかなかわかなかったが。

いま、どっとの目前で、西本たちが受けている地獄は焦熱地獄だ。あたり一面が火の海で、西本たちは全身を焼かれるだけでなく、灼熱の鉄棒を肛門から頭まで突き通されて、内側からも焼きつくされていた。西本たちはみな、

「ヒイイイイイイイイーッ！」

と地獄のひびきを上げつづけていた。

西本たちよりも、もっともっと苛烈な責め苦を受けている人々もいる。

しかしそれほどの責め苦を味わわされても、人間界とちがって、ここでは死というものはありえない。黒焦げになっても、五体バラバラになっても、瞬時、蘇ることになり、間断なく責めつづけられるのである。

どっとは心から愛した人々が、赤鬼に責められ、これほど苦しみぬいているというのに、彼らを助けようとは思わず、ただ自分の身のことしか考えられなかった。つまり逃げ出すことしか頭になかった。もはや自分さえ助かればいいというエゴイズムに走っていたのだ。

それでも、どっとはふいに考えた。世界一の母親なら逃げ出さずに、わが子を助けようとして、この責め苦を受けることさえもいとわないだろうか……いや、この人間界ではありえないほどの苦悶への恐怖は、たとえどんな愛情深い母親でさえ、あらがいようもない。きっと子を見捨てて逃げてしまうだろう。

どんな深いキズナにも、おのずと限界がある。

どっとが今、逃げ出さないのは、あまりの恐怖心に、かなしばりとなっていて、体を動かすことができないからだ。

「次ーっ！」

とひとりの赤鬼がうながす。

どっとの番だった。どっとのとなりの女性は、

「おねがいします」

と声をふるわせながらも、西本たちが責めまくられている地獄に自分の身を投げ出した。

「お前は？」

と赤鬼は、全身の血の気がひいているどっとを睨んだ。

「いやあああああああああ！」

どっとは絶叫しながら逃げた。恐怖のあまりに発狂寸前だった。

だが、逃げ道に、イエス赤鬼が待ち受けていた。

「うん。どっと、逃げるのか？」

「ご、ご、後生だから、逃がして！」

どっとは泣き叫び、懇願した。

イエス赤鬼は笑った。

「逃げたくば、逃げても、別にかまわんよ」

「えっ！」

イエス赤鬼の言葉に、どっとは気がぬけて、へなへなと座りこんだ。

イエス赤鬼はおだやかな表面で、どっとを見ながら、口を開く。

「ミーシャから聞いただろ。この世は、本人の自由意志を尊重する世界なんだから、この修業を受けることを望む者だけが、ここに来る」

「あたしには信じられない！　あんな苦痛を望むなんて?!」

どっとはヒステリックにわめいた。

「人間界では、信じられぬ苦痛のすべてが与えられる。これこそが、身も心も清める天国の修業よ。もっとも、Ｅグループのそなたには、まだこの修業を積むことは無理だったな」

「まだ、どころか永久に無理よ！」

「しかし、西本たちＤグループ以上の者はこの天国の修業を積むことを望んでいるだろう」

「それは……」

どっとの心痛はつづいてはいるものの、イエス赤鬼の、逃げ出したければ自由に、との言葉に、少しは心にゆとりを持つことができていた。となれば西本たちのことを考えられる。憤りをこめて主張する。

「それは、西本さんたちは、お前たち鬼にだまされてるのよ。そうにちがいない。それ以外考えられない！」

「だます？」

イエス赤鬼は首をかしげた。

「どうして、天国の鬼のわれわれが、彼らをだます理由がある」

イエス赤鬼の口ぶりから、どっとは、西本たちは決してだまされているわけではない、と感得しはじめる。するとなおさらゾッとした。

「あたしは絶対にこんな天国など、おことわりだよ！」

「そのほうがよかろう。Ｅグループの人間のそなたには、天国は荷が重すぎる。では、地獄行きを選ぶか……地獄は、こんなところだ」

イエス赤鬼が指差すと、そこに地獄の光景が見えた。

スラム街が見える。

そこでは、みすぼらしいなりの人々が、やれ肩がぶつかった、とか、ガンをつけた、とかでケンカばかりしていた。

最低の人々ばかりに見てとれる。それでも……。

「それでも、地獄には天国のような修業はないんでしょう?」

「ああ。なにもない」

「それなら、天国より地獄のほうがはるかにマシよ」

「Ｅグループの者は誰もが、そなたと同じセリフを並べる。西本たちもＥグループの頃は、そなたと同じく、天国より地獄を選んだものだ」

「……」

「だがな、それはＥグループの者は、まだこの世に生まれてから、長く生きてはいない未熟さゆえよ。そなたらＥグループの者も、この世に百年、二百年と生きていくうちに、考え方や感じ方が、進歩していく。やがては例外なしに、Ｄに進級する。Ｄの人間になれば、これまた例外なしに天国に住むことを……つまり、天国の修業を受けることを望むようになるのだ」

どっとはぞわわーっと身ぶるいした。

「そんなバカな！　あたしは絶対に望まないよ。たとえDに進級したとしても、あんなおぞましい修業は拒否する！」

「かって西本たちも皆、そなたと同じことを言った。Eグループだったその時点ではな」

「……」

「わかるな。そなたとて、いつかは天国の修業を強く望む気持ちになる……その時期が絶対におとずれる。それが早いか、遅いかの個人差はあるがな」

どっとはイエス赤鬼の話に説得力を感じていた。でも当然のことながら、納得したくはなかった。

「そ、そんな、どんなマゾヒストでも、いくらなんでも」

「それよ。この世では、マゾを極めることこそが、進歩、成長なのだ」

「わかんないよ。あれほどの苦痛を与えられ、マゾを極めたとして、何になるってんのよ?!」

「まず、どんな恐怖や苦しみもおそれない聖者に成長することになる。

真の聖者はイコール、マゾを極めた者じゃ」

「……」

「そなたは、この天国の修業への恐怖のあまり、愛する西本たちを見捨てて逃げ出した……。

そのとき、こう思っただろう——たとえ世界一の母親でさえも、これほどの苦悶への恐怖にはたえられず、わが子を見捨てて逃げ出すはず、と。どんな深い母と子のキズナだろうと、おのずと限界がある、と」

「！……た、たしかにそう思った」

「そのとおりよ。Eグループの者には、限界がある。しかしDグループ以上に進級し、修業によって、マゾを極めれば、限界がなくなる。

聖者となり、世のためにつくすことは、必ず、あらゆる恐怖や苦しみがともなう。そのどんな苦しみも限界なく、のりこえられるためにマゾを極めるのじゃ」

「……」

「そうして、DからCへ。CからBに進歩する。むろんDよりCのほうが、CよりBのほうが、修業の苦しみは何万倍も苛烈になっていく。それほどの苦しみを乗り越えると、聖者の中の聖者になれる。そして何千年もすれば、誰もが、Aグループに進級する。Aになれば、やっと修業から解放されて、鬼になれる」

「はあ？」

「人は鬼の子よ。この世の人間は皆、われわれ鬼が生み出すものじゃ。だから鬼の子である人間は苦行を与えられながら、鬼にまで成長しようとする。本能的にな。この世の人は、誰もが鬼をめざすのだ」

「あたしたちはみんな、あんたたち鬼の腹から生まれたって？」

「そのとおりだ」

イエス赤鬼は唖然としているどっとを見定めて言い切った。

「このわしも当然、最初は、つまり鬼の腹から生まれたときはEの人間だった。

そのわしがCにまで進歩したとき、地球という人間界に住んだ夢をみた……本来なら、Cグループの者は地球なんぞに住む夢などみることもなく、もっと次元の高い世界に住む夢をみるのだが……わしは特別な使命を持って、地球にイエス・キリストとして生きた夢をみた」

「あのイエス・キリストは、あんただったの？」

もはやどっとはそれほど驚かなかった。

「うむ。わしは世の人々の罪をひとりで背負い、ゴルゴダの丘で十字架にはりつけになった。しかし、そんな苦しみは、わしにとっては、たいしたことではなかった」

たしかに――天国の苛烈きわまる修業に比べれば、イエス・キリストの苦しみなど、ぜんぜんたいしたこともあるまい。

やはり、どっとは姉が恋しくなった。この世の夢が休息というのが、いまうなずけた。どんな辛い夢だろうが、ママゴトのような世界なのである。

いまを生きる

はっと、どっとは目を覚ました。

「どうじゃ、しめ出した記憶を思い知ったか？」

とミイラがきいた。

どっとは応えられず、あらためて恐怖に身ぶるいする。

ミイラは心配そうにどっとの様子を眺めていた。

「おぬしは、記憶を蘇らせて、今、後悔しとるか？」

「いいえ。胸のつかえがおりました」

と、どっとは応えた。

「それは、めでたいことじゃ」

ミイラはここで初めて笑みを見せた。

「おそらくあの世は、この世よりも大変なところじゃろう。しかし、この世に生きるおぬしにできることは、いまを生きることだけじゃ。いまがすべてではないがな」

「ミイラさん……」

どっとはミイラに丁重にお礼をして、ミイラの家を出た。

そして沖縄にもどり、姉の家に帰った。

「ただいま」

昼だから、さらも政彦も仕事でいない。

ブルドッグが、はあはあいいながら出迎えてくれる。

どっとはブルドッグの頭をなでてしゃべった。

「いいよね、あんたは。人間のみる夢の中に生まれ変わりを繰り返すだけでいいんだもんねえ」

——人は鬼の子！

鬼になるために、遅かれ、早かれ、想像を絶する苦悶の修業を積むことになるのだ。

それは観念するしかあるまい。

どっとの胸には今、いろいろな思いが混在していた。

この世はあの世でみる夢の世界……この世界では、あたしは作家だ。だから、とりあえず『この世の夢』を書くのだ。

いまを生きるために。

完

チャンス

俺は文壇デビューを夢見る文学青年だ。

だけど苦心して書いた小説の原稿をいくら各雑誌の新人賞に応募しても受賞するどころか予選を通過した事もない。

日頃妻は俺に、

「いいかげん　あきらめたら　あなたには才能がないのよ」

と俺にとって一番言って欲しくない言葉を耳にタコができるぐらい口にする。

俺は悪妻の言葉などにはくじけず今に見ていろといつも思いながら小説を次々と書き続けていた。

そんな俺がある日目覚めると小人になっていたそれも数ミリの大きさになっていた。

夢だこれは、
もちろん最初はそう思った。

しかしどうもこれは現実らしいとしばらくして気が付いた頬をつねると痛いし。そもそもこんなリアルな夢などあるはずがない。

「どうなってんだこりゃあ」

俺はさすがに動揺せずにはいられなかった「なんでこうなっちゃったのだ」

大変なショックのため思うような大声が出なかった。

「あなたあもう朝よ。会社に遅れるわよ」

妻の声がしたさしたる大声を出しているわけではないのだろうが数ミリの小人になってしまった俺にとってはこまくがやぶれそうな大声である。

声だけならまだいいが部屋に入って来た時はそれは大変だ小柄な妻も今の俺にとっては大巨人である。

「あなたあ、どこなの。おし入れの中にいるの」

とウロウロする。踏まれたらペチャンコになって命はない。

俺は恐ろしさに青ざめ夢中になって部屋を出てなんとか家を出た。

体がミクロ化して家を出るのもひと苦労だ。冷たい汗がふき出てくる。

外に出ても恐怖はおさまらない。

今までは面白半分に小便をかけたり踏みつぶしたりしていたミミズやアリが俺にとっては今や怪獣に等しい存在なのだ。

俺は彼らに見つからぬよう安全な場所を求めてひたすら走った。

歩いている人に大声で呼びかけても、思ったとおり俺の声は彼らには全く聞こえないようだ。

(どうしたらいいのだ俺は　これから俺はどうなるのだ)

もはや声を出す気力もなく胸の中でこんな事ばかり呟いていた。

だいたい何故小人になったのか。

俺は泣きたくなった。だが泣けない。大の男のくせに俺は涙もろい方なのに今この状態においては一滴の涙も出ないのだ。本当に大声で泣きたい時に泣けない事もあるのだという事を俺は初めて知った。

あ、いや泣いている場合ではない事もたしかなのだ。泣く前にどうしたらいいかを考えなければ俺はバカではないのだ。何かこの状態をぬけ出られるよいちえが考えていればいずれ思いつくはずだ。

国立大学出の俺はやはりかしこかったまたたく間にやるべき事を思い付いた。

「家に戻ろう外よりは安全だし妻がゴロリと横になっている時耳もとで叫んだら妻も何んとか俺に気付いてくれるはずだ」

俺はまわれ右をして家の方に向かおうとした。

だがその時、神の声を聞いた。

聞いたせつなに、初めて聞く声だというのにそれが神の声だという事が何故か俺には分かったのだ。

「目を閉じるぞなもし」

神はそう俺に語りかけた。

俺は目を閉じた。すると神の姿が見えた、神は白いヒゲを顔中にはやしたサンタクロースに以た感じの老人だった背後に光明が差しているので目を閉じても明るかった。

老人いや神様は言った。

「わしは神様じゃもっとも人間ならいちいちこう言わんでもわしの声を聞けば神の声とまたは姿を見ればこれは神とピンときて分かるはずじゃなもし」

「はあ不思議な事でございます」

俺は丁重な言葉を使って答えた。相手は神様なのだから否がおうでもへりくだった態度になってしまうのは当然の事だ。

「じゃがわしがどんな種類の神様か分かるかなもし」

「わかりません」

それは分からなかった。

神様は胸をはった変な言葉遣いとそういう俗っぽい態度は余り神らしくないがそこが親しみが持てるので俺はこの神様が気に入ってしまった。

「えへん、わしはチャンスの神様じゃ」

「チャンス」

「そうこのチャンスをのがすなと言うあのチャンスの事じゃよ」

「…………」

「わしは全人類に公平にチャンスをあたえて来たこのチャンスを生かすも殺すもその人しだいじゃ、じゃがとびきりの中のとびきりのチャンスをあたえるとなるとすべての人々にあたえきれるわけじゃない大ビッグチャンスて奴はあたえられる人間の数は一年に全人類の中でわずか数人のみとしぼらねばならぬぞなもし。じゃからお前さんは運良くこの数人のうちに選ばれたのじゃ、クジでな」

クジとは本当に公平だ。しかし地球に住む全人類の中での数人とはこのかくりつは、一億円が当たるジャンボ宝クジなどの比ではない。

俺は稀に見る強運の持ち主だったのだ。

だがそれ程の特大ビッグチャンスだが俺はそれをあたえられている気など　みじんもしないむしろその逆。

「神様そのチャンスはこれからあたえられるのですか」

「いや半分はもうすでにあたえているぞなもし」

「え、」

「そのあたえた半分とは、あんたの場合はまずはミリ単位の小人となる事じゃ」

「そんなばかな、ふざけんなよおら～」

俺は激怒の余りに相手が神である事を忘れた。

「小人になるてえのがどこがビッグチャンスじゃい。人がミリ単位の小人になってどんないい事があるってんだい」

「おやおや気の短い奴じゃなもし」

神様は俺の神を神とも思わぬような暴言に対しかん容な言動を示した。「話は最後まで聞く事が大切じゃ」

「はあ申し訳ございませぬ」

　何んらかのこの上もないいい事が起こりそうな予感がして俺は地をかくしもとのへりくだった態度に戻した。

「わしは神様じゃから分かるがお前さんはプロの作家志望じゃったよのう」

「は　そのとおりでございまする」

「ウムしかしこれもわしは神だからすべて分かる事じゃがはっきり言ってお前さんには作家になれる素質は残念ながらこれぽっちもありやせん。これは神のわしの言う事じゃ間違いはない」

　俺は一番言われたくない事をこうまで言われ頭に血がのぼった。胸はムカ付いてきている。神様でなければとっくにぶん殴っているところだ。

「じゃがそんなあんたでもわしがあたえるチャンスを生かせば百パーセント流行作家になれる。それも後世に名を残すような天才作家にな」

「本当でございまするか」

「この地球には、二種類の人類がある一つはお前さんら地上に住む人類、そしてもう一つは地底に住む人類」

「地底人類……?!」

ＳＦ物の小説やまんがによく出てくる事があるが現実にいるとは驚いた。

「ウム。この地球はまん中は空洞になっておるのじゃなもし」

「つまり地底人はそこに住んでいると」

「そうじゃ」神様は肯いた。「その世界の大きさは地上の約五十分の一にしかすぎんが地底人の体の大きさが何ミリかの小人つまり今のあんた程度のミニサイズなのでそれでちょうど良い」

神様は説明をし始めた。

「人工太陽などを作り文明は地上の人類より少しばかり上かな。じゃが彼らは地上人類の事など知らぬ。もちろん宇宙なども知らん。地底の世界から出た事はないのじゃからな、地上人類が地底人類のそんざいを知らんのと同じことじゃ」

「そうなんですか」

「そしてその地底人類にもさまざまな国があってその中に和国と呼ばれる島国がある。そこはおまえさんの住んでいる日本とそっくりでな言葉も同じじゃ。これはお前さんとすれば運の良い偶然じゃ」

本当に信じがたい程の奇跡的な偶然である……。

「そっちょくに言えば、これからお前さんをその国に瞬間移動さしてやろうと思っている。そうすればお前さんは何んの努力をせずとも大作家になれる」

「なぜ才能のない俺が何んの努力もなしに大作家になれるのですか」

俺は首をかしげながら訊ねた。

神は少し言いずらそうに「それは己だけで考えられい」と答えた。

俺は少し考え、「じゃ感覚の違いですか、地上では認められない俺の作品も地底人類の感覚からすれば大変なケッ作となる」

神はかぶりをふり、「違うな、地底人の感覚は地上の者と大同小異じゃ」

「それじゃ……いったいどんな方法で……」

「考えるのじゃお前さんはバカではないからよく考えれば分かる事じゃわしはこれだけは神として教えられんなにかんたんな事じゃよ」

「そうですか　それならこのチャンス生かさしていただきます」俺は即座に決断した。

「そう答えると思った。では目を開けるがよい。一分ともたたぬうちに和国へ移動さしてやるこれが半分のチャンスじゃ。せいぜいがんばる事じゃなもし……ではさらばじゃ」

チャンスの神様は消えた。

俺は目を開けた。

しばらくは何んの変化もなかったが、やがて一瞬のうちに俺の体が大きくなった。

あたりを歩く人々の大きさは俺と変わりない。へいの高さは一メートル八十センチの俺と同じぐらいの高さである。

もとに戻った。

と最初はそう思った。だが間違い探しをするかのように注意して周囲を見回すと目を閉じる前にあった光景とはいくつかの違いがある事が分かった。

まず電信柱がなかった。

空を見ると太陽が無数にある。これが神の言っていた人工太陽て奴だろう。一つや二つでは質的に不充分なのでたくさん作ってあるのだ。

足元でコソコソしているアリンコらしき虫を日頃から持ち歩いている虫メガネで観察してみるとそのアリは足がクモのように八本もあった。

俺は自分が地上界から地底人類の和国という所へ瞬間移動された事をようやく悟った。

今まで起きた事は、常識からするとやはりいまだに信じられない。

だがこれは夢ではないまぎれもない現実だ。

そうだとも現実なのだ。現実に特大のチャンスがこの俺に巡って来たのだ。

だがそれ程嬉しい気はしない。

地上の世界に未練があるからではない。大作家になれるというガキの頃からの夢がかなうなら妻を含めて地上の世界には何んの未練もないというのが本心だ。

だがこの世界でどうやれば神の言葉どおり何んの努力もなしに大作家になれるかというのが俺には分からなかった。

神はかんたんな事と言ったので俺はついその甘い言葉につられてしまったのだ。

「なーに今に分かるさ」

頭のいい俺にかんたんな事が分からないわけはないと自分にいい聞かせていた。だがさすがに焦っていた。

和国はどこ行っても日本とそっくりだった。ただ文明がわずかだけ進んでいるのでそこの所が少しだけ違和感がある。

ま、二十年程来未の日本という所だ。

それから人の姿をよく注意して眺めると指が左手だけ何故か、六本あった。

本屋で調べた所、地底人は指紋がないらしい。他はまったく地上の人々と同じだ。

だがそういった所はどうごまかそうかと俺は思った。しばらくは手ぶくろでもしてごまかす以外にない。

ばれた時はＴＶのびっくり人間なんかに出る事になるかもしれないし、作家になった時これもセールスポイントとして名を売るのに役立つだろう。

それから何日かして俺はこの世界に順応していった。

仕事は俺の場合はこれまでの学歴はすべて無になってしまったので、イスに座ってやる仕事はできなくなり、どきつい力仕事をやらねば食って行けなくなったが、これも大作家になるまでのしんぼうと俺はがまんをした。

もちろんその間いかなる時も俺は大作家になる方法を考え続けていた。

「だめだ分からない」

四畳半のトイレもフロもないボロアパートの部屋で俺はついに弱音を吐いた。

「くそ、こんな事なら地上の方が良かったもうこんな所うんざりだ。あの悪妻が恋しくなって来た」

俺は頭をかきむしりわめきちらし出した。

「くそあの神め。あいつは本当に神なのか、厄病神だあ〜あいつは」

じだんだを踏んでわめいた。だがそうしてどうなるという事ではない。

「くそ、どうすりゃあいいのだ」

俺はふたたび考え込んだ。今の俺は考えるしかないのだ。

あいつはチャンスの神だ厄病神なんかじゃない。そうであってたまるか。

冷静さを保つため俺はそのような自己暗示を自分にかけていた。

そうするとうまいぐあいに頭が冷めて来た。

神が口に出した言葉を思い出してみようと思いついた。

このひらめきは神の事が頭の中に出て来たからこそそのひらめきだった。

これまで考えていた事はただただどのような方法で……とこればかりで他の事はすべて頭になく一時的にすべて忘れていた。

神はたしか、「神として教えられぬ……」と言って俺が大作家になれる方法を教えてくれなかった、これはヒントのような気が俺にはして来た。

ヒントだと確信した時にはすでに俺はばんざいをやりたいような気持ちになっていた。

「そうだったのか分かったぞ……」

とうとう衝動をよくせいする事ができず双手をさしあげてあらん限りの大声でばんざあ〜いばんざあ〜いと気違いのようにわめいた。

典型的オバタリアン風の中年女の家主が顔を赤鬼のようにして怒鳴り込んで来た。

売り言葉に買い言葉で俺はわる乗りして言ってしまった。

「ああこんなボロアパート出てってやるわ、いまだいや、もうじき俺は大きな庭付きのゴージャスな家に住むようになるのだ、皆から先生先生と親われ、美しい妻と××××をムハムハムハムフフフフフフフ」

想像をたくましくしてまた嬉しさがこみ上げて来てばんざいを再開する、今度はピョンピョンとバッタのように飛び上がりわざと倒れ嬉しい痛みをマゾ的にかみしめる。それはたえ間なく続いた。

この時の俺はあきらかに狂っていた。

アパートを追い出されたのは言うまでもない。

俺は次の日四百字詰原稿用紙を買った。

それに何にを描くか聡明な人にはもうすでにお分かりだと思われる。

俺が描くのはロシアの天才作家の描いた名作「罪と罰」だ。これがボツになるわけがない……ダントツで受賞するのは百パーセント確実だ。

次に描くのはミッチェルの「風と共に去りぬ」次は「戦争と平和」次は夏目漱石の「坊っちゃん」といった具合だ。

つまり地上人類の過去から現在にいたるまでの天才的大作家達の描いた作品を盗作させていただくわけである。

しかしこの地底に生きる人々は優れた文明を持ちながらも何故か地上人類の事をつゆ程も知らないため、これらの盗作を描いて出版してもここでは盗作にはならないのだ。

俺は文学青年だけあって国内はもちろん世界諸国の名作ケッ作と言われた小説は片っぱしからくり返しくり返し読んで来た、したがってそれらはすべて暗記してある多少忘れている所はあっても大事なストーリーは忘れていない。名作推理小説なら、その斬新なトリックや推理は忘れていない。アイデアだけは忘れていない。これらをここで描きまくればひっきりなしのベストセラー作家天才作家に俺はなる。

あのチャンスの神は俺が小説を書くだけではなく、名作を読む事にも熱を上げていたという事を知っていた神だからそんな事まで分かるのだろう。

そして盗作は悪いおこないなので神のはしくれとして、それを教える事はさすがにためらわれたのだ。

やはり彼は神だった。俺にとっては感謝してやまない。神の中の神だ。

それから二十年後。

私は今かつて大神とあがめたチャンスの神を恨んでいる。いや今は恨む元気もない。

私はおちぶれはてて今や餓死寸絶だ。

二十年前ロシアの大作家が書いた「罪と罰」を盗作して私はこの地底人類和国の文壇界にデビュー、それ以後盗作を描きまくり数年で世界的有名な天才作家になった、人々は私を尊び私は大金持ちになり美しい妻や子を持ちそれこそ幼少の頃からの大望以上といえる極楽生活をし、その生活に酔っていた、そのために私は気が付かなかった、時は一年一年世の中を変える事を。

地底人類はついに地上人類の存在を知ったのだ。考えてみればこれはその時が来るのが早いか遅いかの問題、時間の問題だった。その時が来るのは私が死んでから何十年いや何百年などと考えるのは虫が良すぎる。

地底人類は争いを好まず地上の人類とも体の大きさの違いを障害とせずにあっさりと友好関係を結び、後は私の正体がばれ、盗作がばれるのもこれまた時間の問題。

すべてがあきらかになった時の人々の私に対する態度はむろんそれまでと正反対のものになったという事はここで語るまでもない。

一緒に暮らしていた愛する妻や子さえも、私をひきょう者とののしり私から逃げて行った。

当然だ、私は地底の人々を裏切ったのだ。多くの地底界の人々は裏切り者の私を許さない私の財産と家は私の元熱烈なファンクラブだったという者達によって焼きはらわれた。

私はどこに行っても追われる身、私は盗作などという手段を使用し文学を汚した。よってこれは当然の報いなのだろう。

私は逃げまわるのに疲れて来た。

私の罪はたしかに大きな罪だ。しかし、私一人がなぜこの罪を負わねばならぬ。

神そうだあのチャンスの神にも罪や責任はあるはず。

私はあの神を憎む。

いややはり憎むのはやめよう。彼はチャンスの神であって運命の神ではないのだから。

チャンスの神は私にありあまる程のチャンスをあたえてくれたそのために、私は、二十年間も、めぐまれすぎた人生をおくる事ができたではないか。

二十年間にすぎずともこれほどの幸福を味わえたという人はそうざらにはいまい。

チャンスの神はやはりチャンスの神だ、私にとっても厄病神ではなかった、私はそう信じて高層ビルの屋上から飛び降りた。

ひきょう者の哀れな最後だった。

一九九四年十月二十四日午前四時　完成

あとがき

人は、死がさだまったときにはどんな気持ちになるか？

ぼくの場合、そんなときに確実にある考えが浮かぶ。何も死んで、それでおしまいというわけではない。来世があるのだ。という考えである。

ぼくは来世を確信している。

来世を確信していると、死ねば虚無としか思えない人たちとは、死への感じ方、考え方が根本的に違ってくる。

だからといって、ぼくが死ぬことを恐れないのか、というと、とんでもない話で、死にたくはない。この世に生きることへの執着心は人間の絶対的な本能だ。

第一、来世が、この世の今より、幸福なところであるという保証はないわけで。死は新たな扉を開けることと思っていても、その扉が地獄の扉では、と思えば、恐ろしくてしかたがない。

それでも、来世を確信すると、心にユトリをもて、あせったり、アクセク生きたりすることはなくなる。

世の中の人たちは、来世というものをどう思っているのだろう。

一　来世を確信している

二　死ねば虚無としか思えない

三　分からない

三がいちばん多いと思う。

ただ、来世を確信するのと、死ねば虚無としか思えないのと、どっちが人生にとっていいことなのだろうか。

それは、ぼくにはわからない。

ただ、死ねば虚無と思っている人たちは、目先のことにこだわる生き方をしてしまう。心にゆとりがもてず、エゴイズムに徹して、大切なものを見失う。

人間にとっていちばん尊いものは何か、それは肉親の愛と昔は思っていた。しかし視野を広めて、人にとっていちばん大切なものは、命あるものへの思いやり、と思う。

だが、この世の中、生産性のない人間は生きる価値がない、などという思いやりのひとっかけらもない人たちがいっぱいいる、という。そんな人たちが人の親になる、なっているとは、ぞっとする話だ。こんなゆがんだ考え方はもちろん神仏も来世も信じない心から生じるものだ。

弱者を叩いてばかりの人たちは、死ねば虚無と思いこんでいるから地獄を意識せず、この世の暗黒を広める一方なのである。

来世という長い目で見れば、目先のことにこだわり、思いやりのひとかけらもない生き方をするというのは、ロクでもない結果を痛感することになるだけ。情けは人のためならずである。

二〇二三年五月

滝川　麻紀

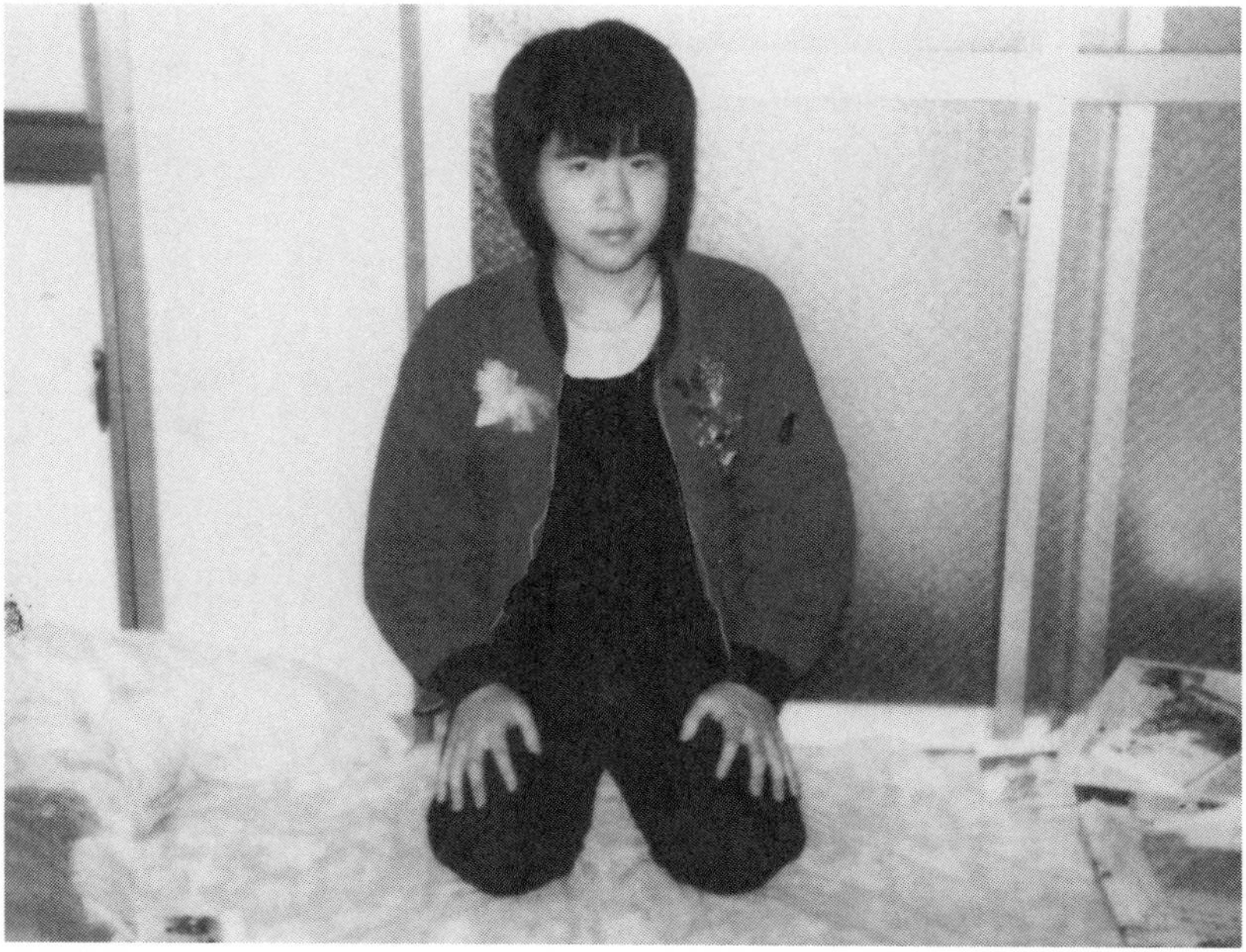

作者

著者プロフィール

滝川 麻紀（たきがわ まき）

本名樋口健一
2001年『蝉』（文芸社）刊行。
2008年『道～パラレルワールド～』（文芸社）刊行。
2011年『悪霊の初恋』（文芸社）刊行。2012年に文庫化する。
2021年『鬼退治　パラレルワールド』（文芸社）刊行。
文芸同人誌から離れて以降はバイオレンスやミステリー小説を手がけている。

この世の夢

2023年５月15日　初版第１刷発行

著　者　滝川 麻紀
発行者　瓜谷 綱延
発行所　株式会社文芸社
〒160-0022　東京都新宿区新宿1－10－1
電話 03-5369-3060（代表）
03-5369-2299（販売）

印刷所　株式会社平河工業社

ISBN978-4-286-24172-2　　JASRAC 出 2300667－301